F. L. CHIVITE

los seres
indefensos

Prólogo de Juan Marqués

amarillo editora

© Fernando Luis Chivite, 1994

EDICIÓN: febrero, 2025
IBIC: FA
THEMA: FBA

© del prólogo: Juan Marqués
© del diseño de cubierta: Carlos García Estades
© de esta edición: 2025, Amarillo Editora

DISEÑO Y MAQUETACIÓN: Carlos García Estades y Lucía Moreno
CORRECCIÓN: Juan Marqués y Ester Vallejo

Reservados los derechos de edición para Amarillo Editora
www.amarilloeditora.com evallejo@amarilloeditora.com

ISBN: 978-84-128897-3-4
DL: M-3337-2025
ISNI F. L. Chivite: 0000 0000 5932 1555
ISNI Amarillo Editora: 0000 0005 1332 7026

IMPRESIÓN Y ENCUADERNACIÓN: Estugraf Impresores, S. L.

Impreso en España / *Printed in Spain*

Nota de la editora

En noviembre de 2023 esta editora se encontraba visitando tierras aragonesas con motivo de la promoción de la recién publicada novela olvidada de Ramón J. Sender, Nocturno de los 14. *La culminación de aquel periplo tuvo lugar en Zaragoza, entre libros y acompañada de Juan Marqués, prologuista entonces de aquel rescate literario.*

Esa tarde, finalizada la habitual presentación, varios de los que allí nos encontrábamos acabamos en otra librería para asistir a la presentación de un libro que nada tenía que ver con Amarillo Editora. Se trataba de la novela Ferdy el viejo, *de Fernando Luis Chivite. La tarde estaba resultando ser una feliz concatenación de encuentros en torno al libro.*

Pero a veces el oficio editorial, apasionante siempre, acaba agotando al más pintado, y en aquella ocasión esta editora, llegados a cierto punto de la velada, se sintió exhausta y emprendió una discreta y prudente retirada. No obstante, ello no le impidió en absoluto disfrutar del encuentro en torno al libro de F. L. Chivite.

Fue mi primer contacto con este autor, de quien nada había leído aún, y aquel hablar pausado y tranquilo fue bálsamo y a la vez adelanto de una sensación que posteriormente he vuelto a experimentar al leer su obra. Una literatura reposada, reflexiva, con la suficiente dosis de ironía como para conectar con el lector actual, generalmente inmerso en la prisa más despiadada.

Aproximadamente un año después, Juan Marqués me propuso el rescate de esta obra que ahora presentamos, Los seres indefensos, la primera novela de F. L. Chivite publicada en 1994. Tras la lectura, consideré la propuesta y acepté. El siguiente paso fue la revisión por parte del propio F. L. Chivite del texto, escrito muchas décadas atrás. Afortunadamente, la historia le siguió interesando —curiosa paradoja esta, que el editor confíase en que al autor le gustase su propia obra para poder publicarla de nuevo— y concluimos así el proceso con esta nueva propuesta literaria de Amarillo Editora que confío positivamente en que encuentre su público.

Soy de las personas que creen firmemente que la sociedad actual está cada vez más necesitada de literatura verdadera; me refiero a la literatura honesta, esa que alguien debe escribir en algún momento para alivio espiritual del resto; literatura ajena al tufillo mercantilista, tan venerado en nuestro tiempo. Una literatura que se lee en silencio, que nos invita a la reflexión y a la pausa. Bendita sea la pausa del lector arrellanado en su sillón con un libro entre las manos, como bien ilustra uno de los personajes de esta novela.

Aquí tenemos, pues, a estos seres indefensos, *para disfrute de lectores sin prisa. Y por si eso fuera poco —que no lo es—, acompañados de un espléndido prólogo de Juan Marqués que, juntamente con el texto de F. L. Chivite, hace de esta edición una pequeña joyita literaria, redonda y alejada de convencionalismos, tal y como debe ser la buena literatura.*

Ester Vallejo

F. L. Chivite, 2024

«UN BONITO LUGAR PARA PERDERSE»

Hace unos pocos meses Fernando Luis Chivite llegó hasta mi rinconcito de Madrid con una enorme sonrisa, casi tan grande como la tarta de queso que traía, una señora tarta tan monumental e imponente que tenía que sostenerla con los dos brazos, y aun así se le resbalaba, con el peligro cierto de que se le convirtiera en un puré. Lo acompañaban su mujer, Isabel, su hija Laura y algunos otros buenos amigos, y nos juntábamos para celebrar exactamente eso que, en mi opinión, celebra también la literatura, a veces sin proponérselo o sin advertirlo: el absoluto todo, sin excepciones, y la absoluta nada, sin ingenuidades. Lo inmenso y lo diminuto. Lo avasallador y lo invisible. Lo deslumbrante y lo insufrible. Quiero decir que no había ningún motivo especial para reunirnos, brindar y aplaudir los manjares que prepara Carmen, pero yo creo que fue por eso, precisamente, por lo que lo hicimos. Es un poco nuestro talante, nuestro temperamento, por no decir nuestro destino: nos atrae lo absurdo cuando lo sentimos verdadero; anhelamos lo trascendente, desde luego, pero a condición de que tenga un perceptible y no buscado punto chiflado, porque si no deja de ser sublime, algo necesario, para pasar a ser solemne, algo detestable.

Y es que sucede, además, que uno de los principales poderes de la literatura, en el que casi nadie parece reparar, es la alucinante capacidad que tiene para aproximar a personas afines. Mis hijos me lo preguntan: ¿por qué solo te relacionas con personas que escriben libros?, y yo entonces he de disimular y ponerme serio y pedagógico y explicarles que puede que sea verdad, pero que es porque la poesía es como un pegamento, o como un atajo, y que cuando uno sabe qué escriben (o incluso qué leen con gusto) los demás está muy cerca de saber cómo es su corazón, y de qué color es su alma, y qué es lo que le ocupa en su cabeza..., y que eso une (o distancia) mucho más que casi cualquier otra cosa. Por ejemplo, les digo a Bruno y a Vera, yo jamás os hubiera dejado de pequeños con un o una canguro que leyera con devoción a determinados poetas que yo me sé. Si de verdad creen que allí hay algo valioso, entonces no son gentes de fiar. Pero, por ejemplo, si alguien idolatra de verdad la poesía de Emily Dickinson, y lo hace a conciencia, sabiendo explicar por qué, con conocimiento, sin fórmulas leídas en las revistas, entonces es muy probable que automáticamente tengamos mucho que compartir o, mejor dicho, que lo compartamos sin más, sin necesidad de hablarlo ni de darle más vueltas.

Y tiene su gracia que diga esto porque a nuestra amiga Isabel Bono no le gusta mucho Dickinson, y sin embargo me parece que fue ella la que, muchos años atrás, me habló de Chivite, cuando publicó sus *Apuntes para un futuro manifiesto*, allá por 2009. Ese, que es todavía el último libro de poemas que ha publicado nuestro amigo, fue mi pasadizo de entrada al mundo del autor, y desde él me deslicé, adelante y atrás, arriba y abajo, por toda su obra, descubriendo encandilado no tanto a un escritor como a un cómplice espiritual, no a un novelista sino a un compañero, ya antes de conocerle, no a un poeta sino a un ejemplo de cómo entender y abordar lo literario.

Él ha ido tejiendo su obra con una discreción y un apartamiento que rozan el autoboicot, pero, como bien decía Wilde, no es la mentira sino la verdad lo que siempre acaba descubriéndose, y a estas alturas, sin ser aún un clamor, comienza a circular por los canales literarios (que no por los infectos mentideros) el runrún un tanto incómodo de que tal vez se les ha pasado por alto a casi todos la obra de un tipo de Pamplona que anda desde hace treinta años escribiendo unas novelas geniales, que quedan exactamente a medio camino entre lo sapiencial y lo rocambolesco, y que además complementó en su día con unos poemas que podían parecer aforísticos y sentenciosos, pero que en realidad eran simplemente reveladores.

El año que viene, en el inconcebible 2026, se cumplirán cuarenta años de la publicación de *La inmovilidad del perseguido*, el primer libro de Chivite, y, aunque a mí me haga mucha gracia, resulta un poco bochornoso que esa trayectoria haya transcurrido tan exageradamente en secreto. Quizá sea por ser tan distinta, o por ser, si se me quiere entender, tan poco española, pero yo diría que lo que sencillamente ocurre es que la literatura de Chivite ha tenido y tiene dos o tres tallas más que las estrechas costuras de la crítica, y que anda muy por delante de casi todo lo que está teniendo lugar a la vez, y que es muy superior a las expectativas de ese fantasma al que nadie conoce pero al que graciosamente se le llama «el lector común», y que eso es así, en parte, precisamente por la libertad que le ha dado el hecho de estar un poco a un lado, a lo suyo, bastante indiferente al mundo, disfrutando de la escritura de un modo consciente, profundo, aislado y real.

Si yo fuese editor, fundaría ya mismo una «Biblioteca Chivite» para ir rescatando toda su poesía y sus nueve novelas, que tienen algo de Auster en algunos de los planteamientos o de las tramas (las de *El viaje oculto* y *La fuga de todo*, principalmente), pero que tienen un alcance más misterioso aún, una intimidad épica, una psicología insondable y unas implicaciones que son a un tiempo metafísicas y verosímiles, tan grotescas a veces como cotidianas. Como no lo soy (ni sabría serlo), Carmen y yo convocamos a Ester Vallejo, de Amarillo, a esa comida en la glorieta de Legazpi que recordaba en el primer párrafo, y como quien no quiere la cosa se consiguió que ella, tan seria pero tan sagaz, fuese familiarizándose con «el chivitismo», esto es, con la gloria y la tragedia de estar en este mundo estrafalario, con el fulgor y con el estupor, con la risa y con el anonadamiento, con la conciencia hondísima de lo loco que es todo y con la dulce parálisis con la que reaccionamos ante ello, con la perplejidad de estar vivos aquí ahora y con la alegría genuina y maravillosamente irresponsable de no saber cómo ni por qué ni para qué.

Quizá tras afirmar esto cobre una nueva luz el título de la que fue, allá por 1993, la primera novela de F. L. Chivite, *Los seres indefensos*, que es la que recuperamos hoy en esta nueva edición, algo retocada y levemente corregida por su autor. En ella ya está buena parte del universo literario de quien la escribió, ese humor de miras altas, esa ironía elegante, esa sardonia activista que, para entendernos, está mucho más emparentada con un Walser que con un Vila-Matas, aunque como este último supo Chivite fijarse desde pronto en otras cosas, investigar lo que se escribía en otros sitios, desear a toda costa insertarse en otra tradición..., y lo hizo en este primer caso por la vía directa de situar su acción bastante lejos, en una «docta» ciudad universitaria inglesa que no se nombra pero que podría ser Oxford o Cambridge o tal vez ninguna que exista de verdad, no hay muchas pistas al respecto (solo una vez se alude al Trinity, pero sedes de ese ilustre *college* hay, diríamos, hasta en Cariñena…, y ninguno de los pubs mencionados son rastreables en la realidad). Y, por acabar con los contemporáneos españoles, en ese sentido del espacio narrativo podría incluso llegar a leerse *Los seres indefensos* como una parodia sutil y parcial de *Todas las almas*, publicada por Javier Marías en 1989 (precisamente el año en el que transcurre la acción de *Los seres indefensos*, según se hace saber al final del capítulo 19). Y no es que yo crea que lo sea, pero desde luego sería una lectura posible.

La obra narrativa de Chivite empieza a ser un poco circular. Sin dejar de ser jamás él mismo, y sin dejar de resultar reconocible, ha entregado novelas algo más graves, como *Insomnio* o *El invernadero*, pero en *Ferdy el viejo*, su último libro hasta hoy, ha regresado un tanto al abierto carnaval que se inauguró aquí, en este debut narrativo. Ya *Cada cuervo en su noche*, la penúltima y con diferencia la más extensa de todas, tenía mucho de disfrute íntimo en su forma externa de desbarre, de jolgorio privado que se convierte en novela colectiva, con algo de *roman à clef* y mucho de fiesta declarada. Porque si yo he comenzado esta presentación nombrando directamente a mucha gente querida, a muchas personas cercanas, es por correspondencia a lo que con tanto placer y tanto amor hace el autor prologado, que de un modo u otro ha introducido en sus ficciones a sus allegados, ya sea Isabel (dedicataria explícita de *Los seres indefensos* y de las tres siguientes novelas que publicó su compañero, así como una estupenda, majestuosa y amputada fantasma en *Ferdy el viejo*), ya sean Beatriz y Laura (dedicatarias de *El invernadero*, tácitamente asesinadas en *El viaje oculto* o jóvenes enfermeras en *Cada cuervo en su noche*), ya sea su amigo Sebas Yerri (sobre quien escribió Chivite su libro más personal, que sin embargo, desde su solapa, siempre se reivindicó como una novela más) o ya vayan siendo, más o menos identificables, más o menos veraces, otras personas de su vida, de su pasado o de su entorno. Y yo nunca he estado en la casa de los Chivite, allá en Villava, pero amigos comunes como el librero Daniel Rosino o el poeta Sebastián Taberna (de nombre netamente chivitiano) me aseguran que es verdad eso de que la ventana del estudio donde escribe da directamente a un cementerio, que es lo que aquí, en el cuarto capítulo, le pasa a Javier Yanci con la habitación de su residencia (y ese de la vecindad con un camposanto es un subtema que, a modo de auto-tópico, aparece en otras narraciones de Chivite, como sucede también con los trenes a los que se sube de un modo decididamente improvisado, los libros encontrados al azar, las largas caminatas, el sexo inesperado, la huida, la locura, los manicomios, los litros de café y de licores, el suicidio, los aparecidos o la tranquilizadora píldora letal de cianuro: son temas que el lector perseverante del autor encontrará en otros títulos, así como lo de que el narrador se dirija a los lectores en segunda persona con inmensa confianza).

Y es que, para centrarnos por fin en la novela de hoy, hay que insistir en que aquí encontraremos alquimia chusca, mucha poesía y mucha burla, honrados buscadores de la verdad que no pueden parar de hacer el ganso. Yo no soy precisamente una persona de risa fácil (lo cual, quién podría dudarlo, es una verdadera lástima para mí), pero debo a

Chivite muchas de las más grandes y las más felices carcajadas de mi vida lectora, y eso es algo que empezó aquí mismo, en muchas de las situaciones disparatadas que, presentadas como circunspectas, suceden en estas páginas inaugurales. El contexto inglés lo permite, porque por allá, como todo el mundo sabe, todo es flema y pompa pero también, precisamente por ello, es todo disparatado, un territorio propicio a la chaladura, la anomalía y el desconcierto.

En realidad, una vez leída y releída (y hasta re-releída), en *Los seres indefensos* suceder, lo que se dice suceder, no sucede mucho, pero esa es en mi opinión otra virtud evidente porque lo que más cuenta es la actitud, la nueva forma de mirar el mundo y la nueva voz para decirlo. Lo que se cuenta, en todo caso, es la estancia que Javier Yanci, un joven pamplonés de veintisiete años, hace entre el 3 de septiembre y el 11 de diciembre de 1989 en una ciudad inglesa cuyo formol inmovilizante es la erudición, el estudio concienzudo, la academia[1]. Allí desayuna con toda la calma del universo, camina, merodea, estudia un poco y sobre todo se relaciona sin muchas ganas con un elenco inolvidable de personajes a cuál más desquiciado y singular. Unos viven en su misma residencia, otros la frecuentan. Todos están fatal de la cabeza pero todos son divertidísimos y sentimentales; todos tienen traumas y adicciones, y todos tienen un

---

1. «Por aquel entonces yo tenía veintisiete años y estaba desesperado», se lee en el quinto párrafo de la novela, lo cual recuerda de un modo desazonante al legendario verso «En aquel tiempo yo tenía veinte años y estaba loco», que Roberto Bolaño colocó en *Los perros románticos*, libro galardonado en 1994 con el Premio de Poesía Ciudad de Irún (el mismo premio que el propio Chivite ganaría cinco años después con *Calles poco transitadas*) y publicado posteriormente por la Fundación Kutxa, lo cual apunto, por supuesto, como impactante casualidad y por intentar recrear el contexto literario de aquel tiempo, el clima de la generación.

corazón caliente y menesteroso que acaba manifestándose. Y a través de ellos hay otra mirada y otra voz (y quizá otra locura) que se autorretrata: la de Yanci, desde luego, pero también la de su creador. Hay en la novela mucho de distorsión, por supuesto, pero no creo que sea ese el modo más correcto de leerla. No puede haber duda razonable acerca de la certeza, por ejemplo, de que la librería de Walkon, en el capítulo 15, está misteriosamente conectada por alguna galería subterránea con la destartalada cueva de Zaratustra, el librero de la «escena segunda» de *Luces de Bohemia*, pero eso no quiere decir que esta novela sea un esperpento. Se permite licencias y desahogos, pero creo que leerla exclusivamente como novela cómica es reducirla de un modo imperdonable. La vida es mucho más parecida a como se presenta en esta historia de lo que mucha gente estaría dispuesta a percibir o a soportar, y todos hemos vivido escenas como algunas de las que aquí se pintan, porque hemos de ser humildes y admitir sin más que lo que en el fondo ocurre es que hay muchas cosas que no sabemos, y que no entendemos del todo cómo se comporta la realidad.

Tanto en lo levemente fantasmagórico y sobrenatural que pueda haber en algún momento, como en lo simplemente delirante, esta novela no es precisamente costumbrista pero sí que está apegada a ese otro vaporoso e inexplicable espectro al que conocemos como «la vida real». Muchos de los poemillas, absolutamente irresistibles, con los que se culminan los capítulos parecen humoradas, cuando lo exacto es que son algo así como capsulitas de sentido común, epigramas contemporáneos de un estoico algo zumbón pero también juicioso, experimentado y observador. Y con todos esos materiales se va componiendo una particular novela de aprendizaje en la que nadie aprende nada, y también una curiosa novela de campus en la que nadie se plantea asistir a las clases.

No quiero decir más. Algún día habrá que ponerse en serio a la tarea de dibujar y analizar por completo el mapa de la literatura de Chivite, sus temas y sus tonos, sus «estribillos» y sus obsesiones, sus personajes y sus influencias, pero de momento basta con invitar con entusiasmo a internarse en ella y disfrutar. Y, si es más o menos transparente que Chivite se ha proyectado de un modo u otro, y con distinta intensidad, en muchos de sus protagonistas, empezando por Yanci, no es menos plausible que el lector adecuado de sus novelas también se identificará fácilmente con ellos y con él, porque no puede haber muchos titubeos a la hora de decidir quiénes son los seres indefensos aludidos e implicados aquí. Esas desventuradas y extraviadas criaturas, querido lector, somos él y tú y yo, pero no hay grandes amenazas, porque estar indefenso no es estar desamparado: nuestra vida, nuestra realidad, van a estar hasta el final (y aun después...) bien protegidas por la misericordiosa y benéfica ficción.

Juan Marqués
En la glorieta de Legazpi, Madrid, 21 de enero de 2025

LOS LIBROS DE FERNANDO LUIS CHIVITE

Narrativa:

- *Los seres indefensos*, Madrid, Ediciones Libertarias (col. Los Libros del Ave Fénix, 49), 1994 (23 de febrero). Premio de Novela Ciudad de Barbastro 1993.
- *La tapia amarilla*, Valencia, Pre-Textos (col. Narrativa, 279), 1996 (7 de noviembre). Premio de Narrativa Pío Baroja 1995.
- *El viaje oculto*, Vitoria, Bassarai (col. Narrativa, 26), 2001 (abril).
- *La fuga de todo*, Vitoria, Bassarai (col. Narrativa, 38), 2003 (octubre).
- *Insomnio*, Barcelona, Acantilado (col. Narrativa, 114), 2007 (marzo). Premio de Novela Café Gijón 2006.
- *El invernadero*, Tegueste (Tenerife), Baile del Sol (col. Narrativa, 175), 2016.
- *Sebas Yerri. (Retrato de un suicida)*, Pamplona, Pamiela (col. Narrativa, 32), 2018 (marzo).
- *Cada cuervo en su noche*, Pamplona, Pamiela (col. Narrativa, 41), 2021 (mayo).
- *Ferdy el viejo*, Madrid, Papeles Mínimos (col. Narrativa, 13), 2023 (mayo).

Poesía:

- *La inmovilidad del perseguido*, Pamplona, Pamiela (col. La Sirena), 1986 (septiembre).
- [con Santiago Beruete] *Visión del último invitado*, Pamplona, Pamiela (col. La Sirena), 1987 (diciembre). Premio Arga de Poesía.

- *El abismo en la pared. (Tres criaturas)*, Santander, Ayuntamiento de Santander, 1996. V Premio Internacional de Poesía Gerardo Diego.
- *Calles poco transitadas. (Poemas para B.)*, San Sebastián, Fundación Kutxa, 1999. Premio de Poesía Ciudad de Irún.
- *Apuntes para un futuro manifiesto*, Barcelona, DVD (col. Poesía, 130), 2009 (octubre). Premio de Poesía Hermanos Argensola 2009.
- *Una cuestión de equilibrio. (Poesía completa)*, Gerona / Málaga, Luces de Gálibo (col. Poesía, 50), 2021. [Incluye *La inmovilidad del perseguido*, *El abismo en la pared*, *Calles poco transitadas* y *Apuntes para un futuro manifiesto*, con un prólogo general del autor escrito para esta recopilación].

A Isabel

Es innegable que la palabra nonsense, *cuando se pronuncia con la nariz y la voz adecuadas, posee algo que poco o nada tiene que envidiar incluso a palabras como «caos» y «eternidad». Uno siente un sobresalto que, si mi sensación no me engaña, procede de una* fuga vacui *del entendimiento humano.*

LICHTENBERG

I

TODOS ESTAMOS SOLOS

Helena había desaparecido y Leache no me conocía aún. Así que, cuando aquella apacible tarde de domingo, medio adormecido entre el suave traqueteo del vagón y el inicuo vaporcillo del aire acondicionado, sentí de improviso el estridente chirrido de los frenos anunciando que el viaje había llegado a su fin, tuve la impresión de que una puerta se cerraba a mi espalda definitivamente y, por primera vez en mucho tiempo, experimenté la dulce ligereza de comprender que ya no podría dar marcha atrás.

Yo contaba con que Leache estuviera esperándome en el andén, convencido de que un simple golpe de vista bastaría para que nos reconociéramos al instante, pero, tan pronto como hube descendido del tren y tuve ocasión de echar un vistazo a las quince o veinte personas que se encontraban allí, comprendí, con relativo asombro, que en realidad no había ningún motivo para que las cosas fueran como yo las había imaginado. No obstante, permanecí parado unos minutos, sin soltar las maletas, girando el cuello a diestra y siniestra con la intención de hacerme identificable por mi desvalimiento y exagerando con toda suerte de ademanes la perplejidad que me embargaba, hasta que me quedé completamente solo ante la humeante locomotora, únicamente acompañado por un vetusto empleado que me observaba a escasa distancia con una depurada mueca de estoicismo anglosajón. Bien, me dije, *la vieja y entrañable Inglaterra*; y en vista de que aquel sujeto no me quitaba ojo de encima, di unos cuantos pasos vacilantes y crucé la puerta de cristales que daba acceso al vestíbulo de la estación.

Era una sala descomunal, de suelo rojizo, con una elevada techumbre de oscuro artesonado y amplios ventanales opacos por los que entraba una luminosidad grisácea que impregnaba todo el recinto. Todavía había algunas personas allí, gente desorientada y aislada o grupos de compañeros, jóvenes en su mayoría, que se reencontraban tras el periodo de las vacaciones estivales, pero en un abrir y cerrar de ojos todos ellos se esfumaron por la puerta principal, y por segunda vez en poco tiempo volví a quedarme solo, en medio de un silencio repentino.

Aquello no me disgustó del todo, sin embargo. Podía acercarme a cualquiera de los bancos corridos que se distribuían a ambos lados o salir al exterior y vislumbrar a lo lejos la ciudad en la que iba a vivir durante algunos meses, pero en lugar de eso, y sin ninguna razón especial, preferí soltar de golpe el equipaje en mitad de aquella sala enorme y sentarme en una de las maletas con los codos sobre las rodillas, tratando de dejar la mente en blanco y respirar profundamente mientras fuera posible.

Por aquel entonces yo tenía veintisiete años y estaba desesperado. En el buen sentido de la palabra, claro está. Lo que se dice destrozado emocionalmente. Hecho trizas. Con una absoluta desconfianza en el género humano y, lo que es peor, constantemente asaltado y atormentado por toda clase de dudas de categoría ontológica y moral. Una situación absurdamente romántica, como podéis ver. Absurda y romántica a

26

la vez, si no es lo mismo. Aunque por el momento no intentaré sacar partido a ese filón. Bastante se complican las cosas por sí solas como para encima andar añadiendo apriorismos. A fin de cuentas, ¿qué hacía yo allí? Me lo he preguntado una infinidad de veces y ni siquiera hoy sabría qué contestar. En el fondo, detrás de tanta porquería pseudodetectivesca creo que lo que realmente me preocupaba —lo que me preocupaba entonces— era recuperar la confianza en mí mismo. Así de sencillo. Una cierta confianza en mí mismo y, en la medida de lo posible —siempre hablo así—, una cierta alegría de vivir: eso de ir evolucionando por la existencia con las manos en los bolsillos y una margarita en el ojal, admirando en torno a uno el fluir de la corriente y silbando, de vez en cuando, antiguas melodías olvidadas bajo el cielo dorado de la tarde. Es una imagen que siempre me ha encantado: carecer de raíces, carecer de certezas, carecer incluso de grandes esperanzas, y sin embargo seguir hacia adelante como si nada de esto tuviera la menor importancia.

Por de pronto, el sitio del que venía ya había empezado a perder su consistencia. El sitio al que me proponía llegar era aún desconocido y extraño para mí. Y el sitio en el que me encontraba —una estación de ferrocarril grande y desierta— no era precisamente el peor, considerándolo al menos desde el punto de vista de que tarde o temprano tendría que abandonarlo por cualquiera de sus puertas.

Estás solo,
pero eso
es tan viejo
como el mundo.

27

II

LA GENTE YA NO HABLA COMO ANTES

Bien, el caso es que estoy allí, sentado en mitad de aquella bonita sala de espera, con la cabeza apoyada entre las manos y mirando las baldosas del suelo en una posición inconfundiblemente melancólica. Sigo esperando a Leache, Leache sigue sin dar señales de vida y, como es lógico, empiezo a impacientarme.

Aquella demora no cuadraba con la imagen que yo tenía de él. Por lo que Helena me había ido contando a lo largo del último año y por lo que yo mismo había creído deducir de su forma de hablar, a partir de las tres o cuatro conversaciones telefónicas que habíamos mantenido hasta la fecha, Leache debía de ser uno de esos tipos de formación científica, sistemático y positivista, estricto en las cuestiones horarias, celoso cumplidor de su palabra y poseedor de toda esa amplia gama de cualidades que desde antiguo aquilatan y acrisolan al hombre de ciencia en su primera etapa, es decir, antes de ser tentado por los abismos de la mística. Que me dejara en la estacada de aquella manera imperdonable, después de haberme asegurado que acudiría a recibirme puntualmente, era algo con lo que yo no había contado. Aunque comprenderéis que no podía permitirme el lujo de desilusionarme tan fácilmente. Al fin y al cabo, me tenía en sus manos. Además, bastante tenía ya con vigilar mi secreta aflicción propiamente dicha.

El caso es que, en esto, me incorporo, doy unas vueltecitas errabundas en torno a las maletas y decido aprovechar el interludio realizando algunos ejercicios básicos de gimnasia reparadora. Hay momentos en los que se hace absolutamente imprescindible coger aire y poner en orden músculos y huesos, a fin de pasar posteriormente a instancias superiores. Podéis, por tanto, imaginarme allí, entregado a un improvisado aeróbic. Con las manos en la nuca, los ojos cerrados. Flexionando las rodillas y girando la cintura a uno y otro lado, mientras dejaba escapar algún leve suspiro que emergía de las profundidades con total libertad. Nada, en verdad, de lo que un hombre cabal deba avergonzarse, os lo aseguro. Pero —así es de sucia la vida algunas veces— justo en mitad de uno de aquellos lastimosos estertores, con la mandíbula enhiesta y los ojos desencajados de su órbita, vislumbro a dos individuos, uno más bien pequeño y de incipiente alopecia y el otro altísimo y de gesto indefenso que, sin decir palabra, contemplaban mi representación desde la puerta con una expresión vagamente aterrada.

El pequeño, no hace falta decirlo, era Leache. El otro, el individuo indefenso, era Anthony Duggan, al que, según supe más tarde, todos llamaban St. Anthony porque era irlandés y ofrecía un aspecto angélico. Algo en este último me llamó poderosamente la atención. ¿Su flequillo pelirrojo? ¿El nervioso parpadeo de sus diminutos ojos azules tras aquellas gruesas gafas de montura de concha? ¿Los espantosos calcetines granates que asomaban por debajo de sus pantalones, quizá un poco demasiado cortos? ¿El conjunto, acaso? ¿Todo él en flagrante armonía? No lo sé. Siempre albergué la sospecha de que había una relación recóndita

29

entre la estatura de aquel tipo, lo llamativo de sus espantosos calcetines y su aparente indefensión propiamente dicha. Como si no fuera tan alto en verdad y solo le interesara demostrar su rotunda despreocupación por los asuntos menos trascendentales de la existencia. No estoy seguro de explicarme con claridad.

Ambos se encaminaron hacia mí. En línea recta, como era de esperar. Sin histrionismos. Parecían sensatos.

—Tú debes de ser Yanci —dijo Leache.

No tenía el rostro simétrico. El lado izquierdo de su cara reflejaba optimismo, era amable y bienintencionado, en tanto que el lado derecho era todo lo contrario, cínico, astuto tal vez, frío. Y ello se debía únicamente a una leve inclinación de la ceja, ciertas arrugas, cierta tensión en la comisura de los labios. Visto en un retrato, pensé, y tapando alternativamente una de las dos mitades, la dualidad tenía que resultar evidentísima.

—¡Así es! —respondí enfático—. Javier Yanci.

—Y este debe de ser tu equipaje —prosiguió.

—¡En efecto!

—De modo que ya estás aquí.

—¡Ya estoy aquí! —dije, sorprendido por aquel inesperado alarde de perspicacia.

—Me temo que nos hemos retrasado unos minutos.

—¡No tiene importancia! —dije.

—Hemos tenido que resolver un asunto de última hora —dijo él encogiéndose de hombros.

—¡Me hago cargo!

—¡Bien! —exclamó al fin.

—¡Sí, estupendo! —añadí.

La gente ya no habla como antes, de eso no hay duda.

Entonces se volvió y, mirando a St. Anthony, el cual se mantenía un paso por detrás de su amigo, como tratando de pasar inadvertido, dijo:

—Te presento a Anthony Duggan.

—¡Hola! —le dije.

—¡Hola! —dijo él adelantando la cabeza y asintiendo con arrobadora sonrisa. Y a continuación se aclaró la garganta y siguió sonriendo y asintiendo hasta que abandonamos la estación y pusimos las cosas en un taxi. Serían aproximadamente las siete de la tarde, principios de septiembre. El cielo estaba limpio y brillante como si acabaran de pasarle un paño húmedo. Y bajo el cielo, decenas de bicicletas en una explanada de cemento, una larga alameda y la docta ciudad al fondo con sus casas bajas y sus célebres torreones almenados todavía dorados por el sol.

Recuerda esa luz
para cuando te falte.
Lejos de casa
es importante
poder contar con algo
en los malos momentos.

III

TÉ EN EL BARCO EBRIO

Hay en la vida cosas que sencillamente ocurren. Que ocurren sin más, salvo que admitamos que el azar se complace en la ironía y en la burla —teoría que, por otro lado, goza de un montón de adeptos a los que precisamente no les faltan motivos para pensar así—; y todos nuestros esfuerzos por explicarlas acaban siendo inútiles y, a partir de cierto momento, perniciosos y fatales. Digo esto porque resultó que la habitación que me habían reservado era la misma que Leache había estado ocupando durante todo el curso anterior. El tiempo exacto que yo había estado cohabitando con su exesposa, por decirlo de una vez.

Cuando lo supe —fue el propio Leache quien tuvo la delicadeza de anunciármelo en el preciso instante en que el taxi se ponía en marcha—, una parte de mí se estremeció un poco, pero la otra sonrió con cinismo. Parecía que yo me hubiera empeñado en llenar los huecos que él dejaba. Como si eso me proporcionara algún raro placer. A mí, que no entiendo otro placer que el de verme a salvo de los absurdos malentendidos que tan a menudo ennoblecen la lucha por la vida de nuestros esforzados semejantes.

Pero volviendo, el asunto tampoco era como para echarse a temblar. Leache se largaba a compartir un apartamento alquilado con St. Anthony, el individuo angélico, y por consiguiente nada le impedía cederme a mí su viejo cuarto en la mansión de Mrs. Berryson. Cuando consideré la posibilidad de que hubiera sido al revés respiré aliviado. Naturalmente yo no conocía aún a Mrs. Berryson, pero desde luego ya me creía en condiciones de prever que cualquier cosa sería mejor que tener que cenar noche tras noche, desayunar día tras día y compartir retrete con aquel pelirrojo irlandés de los calcetines grandes. Soy de los que confían en las primeras impresiones, como veis. Y, desde luego, no iba nada descaminado. Aunque al principio no lo vi tan claro, todo hay que decirlo.

Cuando el coche se detuvo y nos encontramos, al fin, ante la que iba a ser mi nueva residencia durante al menos los próximos cuatro o cinco meses, ni siquiera tuve tiempo de valorar la solidez de sus muros o efectuar una rápida prospección de las variedades del jardín. Aún no había conseguido enderezarme del todo cuando Mrs. Berryson, la dueña de la casa, rompiendo la paz vespertina con lo que bien podríamos denominar su tumultuoso don de gentes, surgió de improviso sobre el sendero de grava y se arrojó a nuestro encuentro farfullando un ensalmo incomprensible.

Mrs. Berryson era una vieja de unos setenticinco años verdaderamente infatigable, vestida con una camiseta fucsia, un chaleco de ante con flecos al estilo tejano, una falda floreada, collares de abalorios, pamela de paja y grandes zapatos deportivos. Aunque lo que realmente me sorprendió de ella no fue lo estrafalario de su indumentaria sino el hecho de que, pese a esta, lograra hacernos creer que nos hallábamos delante de una especie de duquesa, o algo así. Tanto Leache como St. Anthony se dirigían a ella de un modo protocolario y con una, tal vez, excesivamente matizada deferencia. Y, en consecuencia, ella les respondía de la mejor manera: ignorándolos por completo. Como si no estuvieran. Lo cierto es que en aquella ocasión solo me atendía a mí. Me preguntó mi nombre, mi edad, muy dulcemente, desde luego. Se interesó por mis padres, ¿vivían? ¿Sufrían alguna enfermedad?, con tacto exquisito. Y el viaje, ¿qué tal? ¿Estaba fatigado? ¿Iba a quedarme el curso completo? La vieja tenía clase, eso es innegable. ¿Estaba casado? ¿Cuál era el tema de mi tesis? ¿Qué opinión tenía del actual gobierno español? Y a partir de ahí, en apenas cinco minutos, me sometió a un exhaustivo cacheo ideológico y aprovechó, de paso, para denigrar de un plumazo la mayoría de los Estados europeos. Acto seguido, sin que yo pudiera hacer nada por evitarlo, me cogió por el brazo, ordenó a los otros que entraran mis maletas y me fue conduciendo hasta la casa mientras me relataba detalladamente los sucesos de los últimos días. Yo estaba atónito, no salía de mi asombro, de modo que hice lo que mejor sé hacer cuando no sé qué hacer: cerrar la boca y adoptar un gesto soñador. No es que sea una salida muy brillante, lo admito, pero suele dar buenos resultados si consigues evitar que te tomen por imbécil.

Cruzamos el vestíbulo. Yo siempre del brazo de mi anfitriona, St. Anthony y Leache a nuestra espalda. Y luego nos dirigimos alegremente hacia el interior de la casa para degustar una deliciosa taza de té y comentar con sosiego las condiciones de mi estancia allí. La planta baja estaba ocupada en su totalidad por una amplia cocina, el dormitorio de la vieja y una especie de salón-comedor de dimensiones gigantescas. Aunque más que un salón aquello parecía un barco ebrio. Sillones, mesas de distintos tamaños y muebles variados se amontonaban sin concierto bajo la presidencia de una biblioteca monumental que cubría dos de las paredes de un lado a otro. Y frente a la biblioteca tres ventanas con sendos cortinajes de antiguo terciopelo amarillento. El resto era una profusión de óleos, alfombras y objetos decorativos de múltiples estilos. Un aplique modernista por aquí, una araña abigarrada por allá. Jarrones y floreros con sus ramos marchitos. Un violín desvencijado sobre un aparador. Un reloj de pesas parado. Un bronce de Hermes en la repisa de la chimenea. Otro de Diana cazadora. Fotografías firmadas por cualquier rincón. Todo polvoriento, aunque con cierto mayestático abandono, como piezas imprescindibles de un decorado tanto más habitable cuanto más caótico. Y al fondo, sobre una mesita baja entre cuatro butacas, el servicio de té que Mrs. Berryson había preparado para nosotros. Perfecto, pensé, afortunadamente no hay piano. Y con mi mejor sonrisa acepté agradecido la taza rebosante que la vieja dama me tendía y le di un sorbito con la inocencia que siempre me acompaña y nunca me abandona.

> *Después de un largo viaje*
> *no hay nada mejor*
> *que una taza de té*
> *y una buena cama*
> *con las sábanas limpias.*

IV

HABITACIÓN CON VISTAS A LA ETERNIDAD

Aquella noche, después de haber trasegado cuatro tazas rebosantes de aquel maldito brebaje del demonio y de haberme zampado diez o doce galletitas tumefactas con las que Mrs. Berryson estuvo a punto de dar al traste con todas mis esperanzas, y una vez me vi por fin instalado y a salvo en mi nueva habitación, pensé que lo mejor que podía hacer era tumbarme en la cama e intentar conciliar el sueño como mal menor.

La habitación era grande y daba la impresión de que uno podía descansar en ella sin necesidad de encogerse. Un armario de caoba evocadoramente vacío, una cama alta y sólida, una mesa con lamparita junto a la ventana, techos altos, piso de tarima barnizada y pequeños grabados enmarcados por las paredes pintadas de un rosa palo. Todo limpio, ordenado y silencioso. Un aposento que no hubiera desagradado al caballero más exigente. A no ser por un detalle. Un pequeño detalle que ni la vieja dama ni Leache habían querido mencionar. Supongo que ambos consideraron más oportuno que lo descubriera por mí mismo. Y no se lo reprocho. Me refiero al cementerio: la ventana del cuarto daba directamente a un cementerio. Imaginaos mi pasmo cuando abro la ventana para echar un vistazo al vasto vacío de la noche y compruebo que me hallo asomado a un cementerio, con sus lúgubres árboles, sus lápidas musgosas y su mutismo sobrenatural. Tardé en reaccionar. Aquello representaba una imagen arquetípica. Una de esas cosas que uno difícilmente olvida. En cierta ocasión me vi obligado a habitar un cuarto con vistas a un matadero municipal y, si bien debo admitir que me costó adaptarme, la experiencia resultó enriquecedora a la larga: me ayudó a valorar en su justa medida determinados aspectos de la realidad que hasta entonces había menospreciado. Había madrugadas en que me despertaba sobrecogido por los lamentos de los pobres animales. Aunque esta vez era distinto, desde luego. Más romántico, cuando menos. Y más silencioso, también. Los muertos no pueden ser malos vecinos si consigues acostumbrarte a ellos: te hacen reflexionar de vez en cuando y ofrecen además la garantía de que jamás van a organizar juergas nocturnas bajo tu dormitorio. Eso pensaba. Pero me equivocaba una vez más. En ese mismo instante, cuando ya estaba a punto de superar la turbación inicial y mi espíritu se aquietaba en la serena contemplación de los rayos de luna sobre la superficie de las tumbas, una horda de gatos vagabundos se congregó bajo mi ventana y empezó a maullar a coro con lastimero acento. Tanto lindos gatitos, como criaturas diabólicas. Se diría que hubieran leído en mi pensamiento. Cerré la ventana de inmediato, corrí la cortina —no había persiana—, pero todo fue inútil. La serenata había comenzado. Y eso solo era el preludio de lo que habría de venir. Porque a continuación me volví hacia la cama, me desabroché los pantalones y tan pronto como asenté mis posaderas en aquel lecho maldito, los muelles chirriaron con grandilocuencia wagneriana. Di un bote en el aire. Me quedé galvanizado unos segundos, mirando fijamente el hueco que mi trasero había abierto en el oriundo edredón inglés. Parecía que no todo iba a ser tan sencillo. Los gatos seguían con lo suyo. No obstante, decidí afrontar la situación con entereza. La realidad, si uno se acerca a ella con benevolencia y una cierta reserva, no suele ser tan espantosa como habitualmente tendemos a creer.

No obstante, concluida apenas la operación de desnudarme, apagar las luces y apoyar la cabeza, no sin ciertas precauciones, en la almohada británica de aspecto coriáceo, se produjo un chirrido estentóreo. Y a continuación un berrido engolado que pregonaba a los cuatro vientos el siguiente mensaje: *Si me quieres escribir ya sabes mi paradero, si me quieres escribir ya sabes mi paradero*, frase que se repetía hasta la saciedad con gracioso acompañamiento de taconeo y palmas. ¡El disco! ¡La vieja! ¡Diosmío!, pensé. Era el disco de canciones guerreras y tristes que yo había traído desde España por consejo de Leache, para obsequiar a Mrs. Berryson. Una nueva recopilación de antiguas grabaciones. Una auténtica joya en su género.

Mrs. Berryson había sido brigadista en la guerra civil y adoraba España, es decir, la España anterior a la guerra civil, con una lealtad irreprochable. Tenía solo veinticinco años cuando al volante de una ambulancia desvencijada que había robado en los garajes de la Cruz Roja, en París, con la ayuda de un norteamericano interesado en captar instantáneas goyescas en el frente, cruzó la frontera por Gerona y se presentó en la Puerta del Sol, henchida de romanticismo, me imagino, y por ende dispuesta a cometer cualquier atrocidad, me imagino también. La buena de Mrs. Berryson. Tenía una biografía sencillamente espeluznante. Había viajado a Moscú en la época de Stalin. Había vivido en Madrid los días del *No pasarán*. Había estado recluida en un campo de concentración en Francia y había conseguido escapar por sus propios medios. A nadie debería extrañarle, pues, que sus crisis nostálgicas fueran, por decirlo así, algo estentóreas.

—*Si me quieres escribir...* —continuaba el berrido contumaz.

En la actualidad Mrs. Berryson llevaba viuda un lustro. Viuda de Mr. Berryson, claro. Aunque, por lo poco que llegué a entender durante mi estancia allí, aquellas gentes no establecían grandes diferencias entre la viudedad y el matrimonio, y solventaban los rutinarios inconvenientes de ambos estados con rutinarios pasatiempos la mayoría de las veces perfectamente inocentes.

A tal efecto, Mrs. Berryson era zoólatra, melómana, coleccionista de sombreros y militante activista de un grupúsculo radical de izquierdas. Dedicaba los lunes a la limpieza de Iván, su gato noble. Los miércoles a *La tertulia de los vejestorios*, así la llamaba yo: una camarilla de septuagenarios prosoviéticos que se reunían para tomar el té y calentarse la cabeza con disparatadas conspiraciones pseudorrevolucionarias. Y los viernes a repartir libelos políticos en la calle empuñando un megáfono de proporciones descomunales y voceando consignas subversivas de todo tipo. El resto de los días se concentraba en la lectura, la música y la jardinería. Leía exclusivamente a escritores antifascistas, se extasiaba con óperas y *adagios* y maltrataba de vez en cuando sus exánimes rosales.

La casa estaba rodeada de rosales y todo tipo de arbustos florígeos. Por supuesto, ella podía perpetrar allí cuantos atropellos le vinieran en gana. Y yo estaba encantado con eso. No soporto las flores, siento decirlo. Detesto el perfume de las rosas. Odio a cualquier criatura que trate de seducir con sus melifluas tufaradas. De ahí que disfrutara enfermizamente cada vez que la veía enfundarse sus guantes de trabajo y salir al jardín tijera en ristre. Era una delicia observar cómo destrozaba aquella industria de miasmas y venenos.

Además de la dueña, su gato, sus sombreros y sus pájaros habitábamos allí tres inquilinos extranjeros y un fantasma pacífico. Por lo que se refiere a este último —de los anteriores no quedará otro remedio que hablar más adelante—, lo poco que sabía yo entonces era que se llamaba Godwine, que tenía una edad indeterminada entre los sesenta y los setenta años y que estaba instalado en los desvanes del segundo piso, donde vivía en una especie de semiascetismo, rodeado de toda clase de herramientas, aperos y trastos.

—El segundo piso es el señorío de Mr. Godwine. Nadie sube allí salvo él —me había dicho Leache en el taxi, como queriendo avisarme de que era terreno prohibido, o algo por el estilo—. Mrs. Berryson y Mr. Godwine pueden estar varias semanas sin dirigirse una palabra. Y por eso mismo su convivencia es excelente. En realidad, es él quien apenas habla con nadie. Por otro lado, nadie sabe muy bien qué hace aquí. Se pasa el día entrando y saliendo por las puertas cada vez con un artilugio más extraño entre las manos y profiriendo en voz baja dislates ininteligibles.

A priori parecía un personaje simpático.

Pero, en fin, abreviando: estamos en la primera noche y el gorigori coplero continúa. Yo seguía en la cama, sin ánimo de exagerar, laxo y ahíto. Y recuerdo que aún permanecí despierto algún tiempo después de que hubiera cesado la serenata. Aferrado a las sábanas. Con la mente en blanco y los ojos muy abiertos en la oscuridad, dulces minutos de estupidización transitoria. Luego sonó una campana y caí rendido, como era de esperar. Aquella noche soñé que metía las manos en aguas frías y profundas.

Pero ahora duerme,
vuélvete a tu mundo.
Pronto vendrá la mañana
con sus afanes nuevos
y las viejas ilusiones.

V

EL PERDIGUERO ENAMORADO

La luz de la mañana entra por las ventanas poniendo un color de caramelo en el aire quieto de la casa. Es mi primer día en la docta ciudad. Cálido y claro. La noche ya pasó. Y con ella los confusos sentimientos. Ahora estoy como nuevo. Recién afeitado y con ropa limpia. El día despierta y una brisa suave agita las hojas al otro lado del cristal.

Sentada en su mecedora, ataviada con una gabardina atrincherada que, por el estado y tamaño de la misma, bien podría haber pertenecido a un gigante tártaro durante la toma del Palacio de Invierno, Mrs. Berryson se balancea medio adormilada escuchando *La consagración de la primavera*, de Stravinski, a todo volumen. Y en el extremo opuesto del salón me encuentro yo, ante una mesa con mantel de hilo grana, desayunando sin ninguna prisa. Más aun, con deliberada lentitud. Disfrutando de cada minuto, como debe ser. Zumos, mantequillas, mermeladas, tostadas y café. Las dulzuras del hogar. Y por encima de todo, los rayos del sol sacando brillo a la cristalería, al servicio de plata, al borde de las cosas.

En definitiva, la mañana ideal.

Apelad a vuestra memoria y hallaréis alguna de esas mañanas soleadas en las que, a buen seguro, sufristeis la alucinación de que el mundo estaba bien, merecía la pena vivir, la temperatura era inmejorable, se abría ante vosotros la perspectiva de un día preñado de bienaventuranzas y todo tipo de imágenes delirantes y felices que uno acaba reteniendo en su corazón y que a la postre constituyen la equívoca y viscosa materia de los sueños.

Bien. En estas andábamos, pues, cuando el disco se detiene y Mrs. Berryson aprovecha la pausa para acercarse a mí y contarme la historia del pajarito muerto. Ah, la muerte y sus alrededores. No deja de tener cierta grandeza. Ni siquiera tratándose de un raquítico volátil. El hecho asombroso consistía en que hacía un par de días la vieja había hallado a su lindo pajarito de exótico plumaje seco en su lujosa jaula del jardín. Exánime. Extinto para siempre.

—¡Una lástima! —dijo enérgicamente.

—Una verdadera lástima —ratifiqué al punto.

Desde luego, yo estaba dispuesto a escuchar el relato con atención. Sin permitirme bromear al respecto. Apenas llevaba unas horas hospedado allí y estas pequeñas peripecias sentimentales todavía me afectaban en lo más hondo. Llegué incluso a preguntarme si debía interrumpir mi desayuno en señal de duelo o si sería preferible dar buena cuenta de las tostadas como si nada tuviera que ver una cosa con la otra. A decir verdad, la vieja proseguía con el orden de los acontecimientos sin prestarme la más mínima atención.

—Cogí el pajarito, lo envolví en un pañuelo y lo puse en una antigua caja de sombreros —dijo con una inflexión nostálgica.

—Muy natural —respondí.

—Nada de envolverlo en papel de periódico y zanjar el asunto de mala manera —añadió.

—No hubiera sido lo más apropiado —añadí yo.

Se ve que quería hacerlo bien, la buena señora. Sin dramatismos, pero con la solemnidad que el evento requería. Incluso le escribió un epitafio.

—Una nota concisa —dijo, sin querer revelarme el contenido.

Ella misma cavó el hoyo, acomodó en él aquel féretro improvisado y lo cubrió de tierra. Nadie se habría enterado de nada si no hubiera ocurrido lo que ocurrió. ¡Para volverse loco!

—El pajarito volvió a aparecer en su jaula a la mañana siguiente —murmuró enarcando las cejas.

—¿Cómo dice?

—Seguía muerto, eso sí, pero allí estaba.

Me quedé paralizado durante unos segundos, sumido en el estupor, con una tostada en la mano y la boca abierta, esperando que dijera algo más.

—¿Qué le parece, muchacho? —me preguntó entonces fríamente.

La vieja dama brigadista no parecía estar muy dispuesta a dejarse aterrorizar por lo sobrenatural.

—¿Me está tomando el pelo? —respondí.

—¡Nada de eso, muchacho!

—¿Entonces...?

—¡Muy sencillo! —dijo haciendo una pausa—. ¡Cosas de Mr. Mc Aween!

—¿Mr. Mc Aween? ¿Qué es lo que hizo en concreto?

—Mr. Mc Aween volvió a introducir el pajarito muerto dentro de su jaula.

—¿Mr. Mc Aween volvió a introducir el cadáver del pájaro en la jaula?

—¡Así es, exactamente, muchacho! —concluyó la vieja.

Para ser sincero, nunca he depositado grandes esperanzas en mis contemporáneos. Conozco historias que harían ruborizarse a la humanidad entera. Pero aquello me dejó helado. ¡Mr. Mc Aween! ¿Quién era Mr. Mc Aween? ¿Qué demonios podía esperarse de un loco que dedicaba sus ratos libres a divertirse de ese modo? En este punto, como podréis imaginar, di por terminado mi desayuno, aguardando con impaciencia a que Mrs. Berryson me desvelara el resto de aquel absurdo episodio.

Mc Aween era uno de los vecinos. Un sujeto un tanto pusilánime, aunque respetable padre de familia y ciudadano ejemplar. Uno de tantos, ya me entendéis. Fuera de toda sospecha. La tipología del estrangulador, pensé.

—Un pobre diablo —sentenció Mrs. Berryson con desdén—. Vota a los conservadores y colecciona escarabajos y arañas que él mismo captura en su jardín tras arduas y prolongadas operaciones de acoso.

En resumen: el tal Mc Aween era dueño de un perdiguero rabicorto. Y el perdiguero rabicorto en cuestión se había encaprichado últimamente con el pajarito de Mrs. Berryson. Se apostaba ante la jaula y, con ojos tiernos, solía dedicarle sus mejores aullidos. Puro platonismo, naturalmente. Nada serio. Pero ahí radicaba precisamente el origen del malentendido.

La mañana de autos, Mc Aween descubrió a la víctima —el pájaro exótico— en las fauces del verdugo —el perdiguero enamorado— y dedujo lo que no podía menos que deducir: que se había desencadenado la pasión. Y con fatales consecuencias, como suele ser habitual en la mayoría de los casos. Era preciso, pues, debió de razonar el atribulado padre de familia, actuar con delicadeza. Así que, considerando que

45

para el pájaro ya no había arreglo posible, apaleó al perro pedagógicamente.

Pero no contento con eso, y tratando de evitar un careo inútil con Mrs. Berryson, recogió el cadáver con unas pinzas metálicas y lo guardó en el frigorífico hasta el atardecer. En cuanto oscureció, se deslizó en secreto al jardín contiguo y lo devolvió a su jaula nuevamente como si nada hubiera ocurrido. Es decir, como si no hubiera ocurrido lo que no había ocurrido, en realidad.

Porque evidentemente el perro no había matado al pájaro. Su amor no había llegado a tanto. Ni siquiera lo había raptado de su jaula. Simplemente, movido por su ternura, se había limitado a desenterrarlo. ¿No es estremecedor? ¡Ternura canina! ¡El ansia del gusano por la estrella! ¡Poesía a raudales! Finalmente se descubrió el sepulcro profanado y la sombrerera llena de tierra.

—¿Y Mc Aween? —inquirí.

—Cuando consiguió entender lo sucedido estuvo a punto de enfermar —dijo Mrs. Berryson cogiendo la rebanada que yo había dejado en el plato a medio terminar y dándole un vigoroso mordisco con toda naturalidad—. Creo que acto seguido le dio un ataque de ciática.

—No es para menos —suspiré.

—No, claro —añadió indiferente, tornando con nuevos bríos hacia su mecedora—. Supongo que no.

Después de aquello, naturalmente, no me quedó otro remedio que dedicar el resto de la jornada a contemplar, con abandonada dulzura, la invariable turbulencia que me rodeaba.

No ha de haber alegría
en todo momento,
eso es imposible;
no ha de ser todo
ligero y feliz.

VI

LOS SERES INDEFENSOS

No obstante, durante la primera semana todo marchó razonablemente bien. Al menos en la medida en que pasar las horas instalado en una placentera ociosidad pueda considerarse razonable. Solía levantarme tarde. Nunca antes de las diez. A esa hora la casa estaba despejada y yo podía moverme por ella sin tropezarme con nadie. Lo cual ya era una ventaja, para empezar. Me duchaba despacio, me vestía con suma lentitud y descendía los catorce peldaños de la escalera otorgando la importancia justa a cada uno de ellos. Acto seguido me acomodaba en la mesa del salón, desayunaba con calma y por fin salía a dar un paseo hasta la hora del almuerzo.

Principios de septiembre. El encanto matinal de aquellas viejas calles con sus gentes. Lo recuerdo casi como una convalecencia. Cruzaba al azar los puentes, pisaba las hojas de la orilla del río, me sentaba en los bancos de los parques o me demoraba distraídamente por los rincones menos transitados. Yo había leído quizá a demasiados novelistas degenerados durante mi primera juventud y sabía, por tanto, que lo que debía hacer era abandonarme al máximo y perseguir en todo momento esa tan ponderada sensación de estar perdido en una ciudad en la que carecía de pasado y por ende no era nada —o, en último término, nada radicalmente distinto a una sombra que se proyecta un instante sobre una tapia y de pronto desaparece—. Cada día almorzaba en una tasca distinta y a continuación trataba de regresar a casa improvisando un nuevo itinerario. Luego subía a mi habitación y me estiraba en la cama a leer un rato o a repasar el programa de trabajo que indefectiblemente tendría que emprender tarde o temprano. Poco antes del atardecer me dejaba caer por el Scafold, un pub cercano a la zona de los colegios, donde me juntaba con Leache y St. Anthony para compartir unas cervezas y escuchar todo lo que quisieran contarme de la vida allí. El local no estaba mal. Decorado en madera oscura, espacioso y acogedor, con abundantes mesas y sillas, y grabados marinos por las paredes: islas desiertas, naufragios y leviatanes; lo más apropiado, desde luego, para dar rienda suelta a la imaginación de los bebedores solitarios.

Uno de aquellos días me hablaron de su fiesta, Leache y St. Anthony. Habían pensado organizar una fiesta, una especie de *party* vespertino para presentar el nuevo apartamento a un grupo de amigos.

—Naturalmente, Yanci —proclamó Leache con seriedad—, no necesitamos decirte que estás invitado. ¿No es cierto, Anthony?

—¡Naturalmente! —dijo St. Anthony adelantando su largo cuello por encima de la camisa.

—Iré encantado —dije.

—Sí —dijo Leache. Además, te interesa conocer gente, ¿no crees?

—¡Claro! —admití.

—Por cierto, todavía no conoces a Mulligan, ¿no?

—Pues no, creo que no.

—¿Has oído, Anthony? —dijo con alegría—. Lleva casi una semana aquí y aún no ha conocido a Mulligan. ¿No es inaudito?

Anthony asintió, sin despegar los labios, con lo que parecía ser una sonrisita tímidamente irónica.

—¿Se trata de otro irlandés? —dije solícito.

—¿Otro irlandés?

—Mulligan parece irlandés —dije, y acto seguido vi cómo se miraban.

—Sí, *of course* —concluyó Leache desviando la mirada—. En cualquier caso, el sábado tendrás ocasión de esclarecer esta pequeña intriga, ¿no te parece?

—Naturalmente.

—¿Está bien a las siete?

—Muy bien —dije—, seré puntual.

—Ah, y no es necesario que lleves nada —añadió incorporándose de su asiento y poniéndose la americana, gesto que St. Anthony imitó de inmediato—, es decir, a no ser que desees tomar algo ferozmente excitante.

Así pues, el sábado a las seis y media de la tarde entré en una tienda de vinos y compré una botella de jerez. No quería llegar demasiado temprano, de manera que me entretuve dando unas vueltas por las afueras, admirando la forma de las nubes y el paisaje campestre que se abría más allá de las últimas construcciones, hasta que sonaron las campanadas de las siete y me decidí a subir al piso.

Leache abrió la puerta con un vaso en la mano. Tenía el pelo húmedo, peinado hacia atrás, y sonreía desmesuradamente, cosa que, recuerdo, me sorprendió.

—¡Adelante, adelante! —dijo, y se apartó a un lado para dejarme pasar.

No había vestíbulo y nada más cruzar la puerta te hallabas ante una sala grande en la que claramente se adivinaban dos espacios distintos. En la parte de la derecha, una mesa de comedor donde habían dispuesto un bufé a base de canapés de paté, queso, salmón y bebidas variadas, y a la izquierda un par de sofás azul turquesa junto a una mesita baja y una estantería de bricolaje adosada en ángulo al rincón de la pared.

Leache se acercó a las bebidas, vertió en un vaso cuatro dedos de Martini y un chorro de ginebra, y me lo ensartó en la mano con firmeza. Yo le entregué la botella que había comprado y él la puso en la mesa sin mirarla.

—Fantástico, pero ahora ven —dijo jovial—, sígueme. Ya es hora de que conozcas a Mulligan.

Y cogiéndome suavemente por el brazo, me condujo hasta la cocina de la casa.

En efecto, allí estaba Mulligan.

—Winnie Mulligan —exclamó Leache—, hela aquí.

—¿Winnie Mulligan?

Fue una sorpresa. Winnie Mulligan era una japonesa extraordinariamente flexible y ágil, con una melena rojiza cortada a lo cleopatra y un audaz modelito negro que se adhería a su cuerpo como un traje de submarinista. Me quedé un rato mirándola sin decir palabra mientras Leache me observaba con impaciencia, esperando algún comentario por mi parte. Los movimientos de sus piernas eran constantemente y en todo momento y simple y llanamente y con absoluta impunidad y definitivamente procaces y perversos, y lujuriosos, y todo lo ingenuos y espontáneos y naturales que se quiera, pero concupiscentes y lascivos y claramente provocativos y pérfidos. El resto de sus órganos, brazos, boca, ojos y demás, participaban de la danza en perfecta asonancia.

Junto a ella, además de St. Anthony, había una segunda chica que permanecía callada todo el tiempo.

—¡Hola! ¿Qué tal? —dije.

—¡Hola! —contestó St. Anthony. Estaba sentado en una silla con las manos sobre el regazo y expresión insegura.

—Como puedes ver, estamos adecentando a este cándido —dijo Mulligan con ternura, examinándome de arriba abajo con ojos curiosos—. Quizá después hagamos algo por ti, si eres buen chico.

La amiga de Mulligan se llamaba Kate. Era una muchacha alta, callada, de unos veinte años, vestida como una estudiante de Filosofía, con un aspecto deliberadamente desaliñado y gafitas redondas, que trataba de inmovilizar a St. Anthony sujetándolo por la espalda con escaso convencimiento. Ambas se afanaban en transformarlo en una especie de caricatura del gran Gatsby, rociándolo de perfume y todo eso. Y el gran Gatsby a su vez, patético espectáculo, se deleitaba en ello con total sumisión.

—Y bien —insistió Leache sacándome de allí—, ¿qué te ha parecido?

—¡Estupendo!

—Me refiero a la chica, a Mulligan. ¿Qué te ha parecido?

—¡Ah, muy bien! —respondí—. Creo que las dos están haciendo un buen trabajo.

—¡Pues es irlandesa! —replicó enfáticamente. Era evidente que el individuo se estaba esforzando en sorprenderme.

—¡No puede ser! —dije yo. De ningún modo quería arruinar aquella hermosa escena.

—¡Ya lo creo que lo es! ¡Y menuda irlandesa! —dijo entusiasmado—. ¡Acérrima nacionalista! ¡Domina el gaélico! ¡Pura dinamita!

Por fortuna, en aquel instante sonó el timbre y Leache, impostando un gesto de fastidio, fue a abrir rápidamente. Eran Deslys y Lanke. Un dúo peculiar. En aquella época todavía solían andar juntos. La suya era la relación del ingenuo con el malvado. Un esquema que se repite hasta la saciedad en la naturaleza. Deslys era un francés con pedigrí. Lanke, un teutón plebeyo. El nombre completo de Deslys era algo así como Jean Patrick Deslys Thiviers-Boronski. Lanke se llamaba sencillamente Peter Lanke. Deslys era frívolo y brillante. Le encantaba pontificar sobre cuestiones erótico-psicológicas y un instante después añadir que él detestaba pontificar acerca de ese tipo de cuestiones. Cuando Lanke abría la boca lo hacía siempre anegado en la controversia, fluctuando entre las más absurdas fantasías y los más grotescos arrebatos de autocompasión, de modo que en lugar de expresar cuáles eran sus emociones, propósitos y opiniones acerca de las cosas, lo único que conseguía una y otra vez era hacerte comprender cuán dispersa y quebradiza puede llegar a ser el alma humana en las postrimerías de este asqueroso siglo. Deslys, en fin, se dedicaba a la seducción y al sexo. Lanke, a la conversación y a la pedagogía. Dos temperamentos, pues, destinados a encontrarse.

Leache, haciendo gala de una extraordinaria soltura cosmopolita, me presentó a ellos como un *conciudadano recién llegado* y estuvimos un rato allí, de pie, en mitad del salón, intercambiando insulsas cortesías y hablando de la docta con férvida pasión.

Al cabo de unos minutos, Deslys, fatigado, se apartó de nosotros y se dirigió a la cocina con unas cuantas botellas que cogió de la mesa. Dijo que quería hacer un cóctel que le había enseñado uno de los camareros del Scafold.

—Conseguí que ese cretino me revelara la fórmula del cola de faisán dorado—dijo con un guiño.

Leache hizo una mueca de escepticismo y salió tras él, dejándome a solas con Lanke.

—¿Conseguiste la fórmula? —voceó mientras huía.

El alemán y yo nos quedamos frente a frente sin saber qué decirnos.

—Así que eres amigo de Leache —dijo entonces, tomando uno de los canapés y zampándoselo de un bocado.

—Desde hace una semana —dije—. No lo conocía antes de llegar aquí —maticé—. Alguien me dio su número y le llamé, eso es todo.

—Lo sé. Y estás alojado en casa de Mrs. Berryson.

—Así es.

—Una mujer extraordinaria.

—Desde luego.

—Desde luego que lo es —asintió con ademán pensativo.

Lanke me había atrapado. Cuando vi en su rostro el deseo —por llamarlo de alguna manera— de confraternizar conmigo, yo desconocía aún las consecuencias que a la postre esto habría de traerme. Hay personas instructivas en la vida. Aparecen de repente. Surgen quizá en esos momentos en los que uno anda murrio y medio huérfano. Y sin necesidad de ser demasiado divertidos, ni siquiera demasiado ingeniosos, ni demasiado nada, nos hacen mucho bien y sobre todo nos ayudan a profundizar varios palmos en el conocimiento de nosotros mismos. Gracias a Lanke yo descubrí una, hasta entonces, insospechada faceta de mi personalidad: la paciencia. Lanke peroraba desmesuradamente. Estuve observándolo un buen rato mientras cabeceaba frente a mí igualándolo todo con su verbo tapagrietas. Me pasaría un par de dedos, corpulento. De estrechas caderas y calzado de suela gruesa. Llevaba el cogote rapado a lo militar y ropa de saldo. Los ojos hundidos y el mentón asombrosamente galopante. Chato y sin labios. Yo traté de utilizar contra él mi típica máscara de perplejidad inconmensurable. Es fácil. Y suele dar resultado. Basta con relajar los músculos faciales y convencerse de que todo cuanto vemos y oímos carece de fundamento o, cuando menos, resulta incomprensible. No es preciso fingir en exceso, os lo aseguro. Y a la larga —lo queramos o no— es una de las actitudes más nobles del espíritu humano. Pero no me sirvió con él. Fue como darle alas. No tenía sosiego.

—Imagino cómo te sientes —dijo con voz susurrante.

—¿A qué te refieres?

—Bueno, es normal que te sientas aislado, y hasta un tanto confuso. Pero no debes preocuparte. Todo el mundo lo está al principio. Si quieres que te sea sincero —dijo—, yo mismo sufrí una fuerte crisis al venir aquí. Después de todo, esta puede llegar a ser una ciudad terriblemente asfixiante. La gente sufre depresiones y ese tipo de cosas. Supongo que comprendes lo que digo. Cada uno se dedica a sus asuntos durante quince horas diarias sin la menor posibilidad de compartir con nadie lo que hace. Y eso acaba siendo agotador. Yo llevo aquí cerca de dos años y todavía no he conseguido acostumbrarme. Y no pasa un día sin que me pregunte por qué. Desde hace una temporada, soy presa de los somníferos. El propio Anthony, ya sabes que es astrofísico, necesita tomar sedantes contra la ansiedad que le produce el estar constantemente asomado al vacío exterior. ¿Has tenido que tomar sedantes en alguna ocasión?

—Pues no.

—Es una suerte —dijo—. Leache me enseñó hace no mucho un artículo de una revista especializada donde se afirmaba taxativamente que trabajar frente a una pantalla de ordenador durante más de cuatro horas diarias acaba provocando angustia e irritabilidad en las personas sensibles. Y tú pareces una persona sensible, Yanci, ¿me equivoco?

—Bueno, no lo sé —dije.

—Estoy seguro —afirmó—. Claro que yo odio los fármacos. No puedes confiar en ellos por mucho tiempo. Ahora quiero dedicarme al yoga. Siempre me ha interesado. Además, estoy decidido a dejar los malditos somníferos. Conozco a un tipo que se doctoró en Psicología con una tesis titulada *La meditación trascendental como terapia de las enfermedades mentales*, ¿qué te parece? Pretendía curar a los locos a base de metafísica, ¿no te parece original?

—Muy original.

—Sí, juá, juá, juá —rio abiertamente—. Al fin y al cabo, ¿qué es la trascendencia? ¿No es acaso una especie de purgante, un lenitivo para el alma?

—Puede ser, ja, ja —le imité como pude.

—Lo mismo que la risa, juá, juá, juá. Puro lenitivo. Relaja la tensión cervical y favorece la producción de endorfinas.

Y con un ademán súbitamente entristecido, alegó:

—Aunque la verdad es que cada vez nos reímos menos y peor. El hombre está perdiendo la facultad de reír. Y eso es terrible. Es terrible.

Ese era Lanke. Durante unos segundos permaneció como inmovilizado por aquel repentino arranque de melancolía y atento únicamente a cuantos inefables fenómenos estaban teniendo lugar en su tremebundo corazón, hasta que volvió a fijarse, no sé por qué, en el plato de los canapés y, atrapando velozmente un par de ellos, recuperó al punto la entereza.

Luego vinieron los demás, con el famoso cóctel de Deslys y algunas bandejas, y la habitación se llenó inmediatamente de voces y ajetreo. Lo cierto es que la cosa no estuvo mal. Una orgía moderada, si puede hablarse así. En un momento dado, Mulligan me sostuvo la mirada desde el otro extremo de la mesa y con una inflexión enigmática, para que todos se esforzaran en oírlo, dijo:

—Creo que pronto vamos a tener que compartir muchas cosas tú y yo, cariñito.

Y tras un breve suspiro, agregó con dulzura:

—Será maravilloso, ya lo verás.

Se dirigía a mí, obviamente. Con mohínes virginales. Yo no acerté a responder una palabra. No intuía lo que quería decir. Estaba sumido en el estupor y pensé que era una broma. Además, todos sonreían divertidos y nadie comentaba nada al respecto. Así que me limité a sonreír igual que ellos y ahí quedó todo.

Llevaríamos reunidos allí cerca de tres largas horas —algunos atrozmente borrachos, como St. Anthony, por ejemplo, que más tarde acabaría vomitando en el suelo con grandes aspavientos— cuando de improviso llamaron a la puerta con un timbrazo corto.

—Debe de ser Walkon —dijo Leache incorporándose—. Ya no pensaba que fuera a aparecer.

Pero en efecto apareció. Se trataba de un hombre como veinte años mayor que cualquiera de los que estábamos allí, vestido con un traje oscuro impecable y unos zapatos negros y lustrosos como alas de cuervo. Entró, saludó a la concurrencia con una reverencia tal vez excesiva y fue a sentarse sobre uno de los sofás con absoluta naturalidad.

—Me quedaré sólo unos minutos —dijo—, es decir, si me permiten tomar aquí mi último trago.

—Por supuesto —convino Leache, y todos asintieron con efusividad. Se veía que el tipo les caía bien.

El tal Walkon, por cierto, también estaba achispado. Eso no debía de ser extraño en él. No obstante, cuando tuvo el vaso de *whisky* en sus manos, se limitó a bebérselo poco a poco, manteniéndose erguido en su asiento con ademán conspicuo.

Leache me lo presentó como un ciudadano inglés, propietario de una librería de ejemplares viejos y raros. Pero él no estuvo completamente de acuerdo y le corrigió bromeando:

—Nacido en Inglaterra, pero ciudadano de la república del tedio —y esas palabras adquirieron inesperadamente una gravedad que tal vez él no pretendió.

—¿De qué parte de Inglaterra exactamente? —le preguntó Deslys.

—Lo he olvidado, créame —masculló Walkon entre dientes con una sonrisa enigmática—. Últimamente me falla la memoria, en especial después de la tercera copa.

—En realidad, Walkon ha viajado por todo el mundo —explicó Leache con tono contemporizador—. ¿No es así, Walkon?

—Así es —respondió con gesto amplio—. He conocido todos los países, las selvas, los desiertos y los mares. O si ustedes prefieren —agregó con sarcasmo—, la vasta periferia de esta insignificante isla de flemáticos.

—Si eso es lo que opina de este país —insistió Deslys—, ¿cómo es que ha terminado aquí?

—Muchacho, que yo sepa, no he terminado nada todavía.

—Pero su vida en esta isla de flemáticos, como usted la llama, es evidentemente tan rutinaria y exenta de emociones como la de un maestro de escuela jubilado.

—Eso puede cambiar en cualquier momento.

—¿Y qué opina de esta docta ciudad? ¿Le agrada?

—Digamos, más bien, que no me resulta irrespirable —dijo despacio, haciendo un inciso antes de continuar—. Este es el sitio perfecto para permanecer oculto el tiempo necesario.

—Demonios, ¿por qué lo dice? —preguntó Deslys.

—¿Acaso está insinuando que necesita ocultarse? —añadió Lanke sumándose al acoso.

—No he conocido a nadie que no necesitara ocultarse en un momento dado. Dar la espalda al mundo y ocuparse únicamente de sí mismo durante una temporada. Mirándolo bien, qué es esta ciudad sino un elegante y, hasta cierto punto, ilustre refugio para desertores y prófugos de la vida. Aquí nadie pisa la tierra, todos parecen levitar o flotar en el aire. El ochenta por ciento de los individuos que pululan por esta ciudad han nacido fuera de ella. Pasaron su infancia en otras casas, en otras calles. Sus familias y las personas que aman se encuentran lejos. Su memoria está adherida a otra luz y a otro clima. Y si permanecen aquí no es para quedarse. Han hipotecado dos, tres o cuatro años de su vida, y durante ese tiempo están fuera de sí: son seres flotantes e indefensos, emocionalmente indigentes y, por supuesto, incapaces de enfrentarse a nada que no sea lo suficientemente extraordinario como para ser examinado a través del oportuno instrumento. Eso la convierte en una ciudad más imaginaria que real, y yo necesito un margen de irrealidad de vez en cuando —dijo suavemente, sin verdadera acritud, sonriendo al final. Luego se quedó callado y alargó el brazo para que Leache volviera a llenarle el vaso.

¿Quién era aquel tipo? Más tarde supe que Walkon no era en realidad su verdadero nombre y que el hecho de que regentara una tienda de libros viejos no le convertía en un auténtico librero.

—Recuérdame que un día de estos te invite a tomar una copa en mi jardín —me dijo al despedirnos.

Al final, Lanke, Deslys y yo nos fuimos juntos y todavía recorrí algunas calles en su compañía. No hacía frío. O, en todo caso, no era frío lo que yo sentía, sino algo así como una antigua y despiadada sensación de soledad y fatiga, como ocurre siempre que uno ha estado demasiado tiempo expuesto a la corriente de los otros.

Todo el mundo era
de lo más adecuado
o cuando menos
se esforzaba en sonreír.

VII

WINNIE MULLIGAN

Al día siguiente de la fiesta hice un descubrimiento sensacional. Mulligan, la japonesa pelirroja del diabólico juego de piernas, también vivía allí, en casa de Mrs. Berryson. Su habitación estaba contigua a la mía. Pared con pared. Y nadie me había dicho nada. Menudo golpe.

El caso es que me despierto esa mañana, me levanto, feliz, resplandeciente, me asomo a la ventana, echo un saludito al firmamento, otro más a mis queridos vecinos, los difuntos del cementerio, y sin esperar respuesta alguna me encamino al cuarto de baño despreocupadamente, con la toalla al hombro y ajeno por completo a las vulgares astucias de la vida.

Mas he aquí, diosmío, que abro la puerta, no sin dificultad, doy todavía un paso más, abismado en mi plácida inconsciencia, alzo los ojos y ¿qué me encuentro allí? ¡La abyecta asiática a culo pajarero! ¡In púribus! Me quedé sin respiración. Atenazado a la manivela.

—¡Vaya, vaya con Yanci! —dijo la muy arpía con burlona musiquilla—. Tienes prisa, ¿eh?

Yo lívido, pétreo, enmudecido.

—Entra, cariño, entra, no te quedes ahí —dijo aparentemente divertida—, enseguida termino.

Se plantó un albornoz a franjas anaranjadas, blancas y verdes sin llegar a atárselo, y siguió cepillándose el pelo ante mí con descaro infinito. Su vientre era abultado e infantil, pubis lampiño, pechos diminutos en los que todavía resbalaban algunas gotitas vagabundas.

—Al fin lo has descubierto —dijo a continuación con cierta sorna.

—¿Cómo dices? —respondí asustado.

La escena requería que yo me comportara, por decirlo así, con un mínimo de naturalidad.

—Digo que al fin me has pescado, cielo.

—Ah, sí.

—Y además desnuda.

—Sí, he tenido suerte —dije sonriendo.

—Bah, no creas, es fácil pescarme así. Si quieres que te sea sincera, nunca echo el pestillo. Me da claustrofobia, ¿sabes?

Seguía peinándose ante el espejo como si nada, mientras yo, cepillo en ristre, controlaba la situación a mi manera.

—A todo esto, Yanci... —dijo entonces.

—¿Sí?

—¿Sabes que había un montón de apuestas respecto al tiempo que tardarías en hacerlo?

—¿Verte desnuda?

—¡Descubrir que yo me hospedaba en esta casa! —dijo frunciendo el ceño con fingida impaciencia—. La verdad es que ya empezábamos a desanimarnos.

—Nadie me dijo nada.

—De eso se trataba. Pero te ha costado lo tuyo a pesar de todo.

—Sí, supongo que sí.

—Siete días —dijo—. Una eternidad, cariño.

—Sí, una eternidad.

—Aposté a que tardarías una eternidad —dijo anudándose por fin el cinturón del albornoz.

—Entonces has ganado —dije.

—Naturalmente—dijo sonriendo—. ¿Acaso lo dudabas? Y salió. Eso fue todo. Me quedé apoyado en el marco de la puerta unos segundos esperando a verla entrar en su habitación, pero ella se volvió de improviso y lanzó un beso al aire con afectación cinematográfica.

Mulligan, en realidad, no tenía nada que ver con el mundo universitario. No estudiaba nada, ni investigaba nada. Sencillamente miraba a su alrededor, tocaba las cosas y decía lo que pensaba sin más complicaciones. Y eso era lo que más la diferenciaba de todos aquellos seres indefensos de los que había hablado Walkon. A veces pienso que fue la única persona real que conocí allí. A pesar, claro está, del artificioso exceso de espontaneidad con que tendía a desenvolverse incluso en las situaciones más cotidianas.

Por aquella época trabajaba de camarera en el Sibylline, un local del centro frecuentado en su mayor parte por estudiantes de los primeros cursos. Y algunas tardes —aunque de este asunto nunca llegó a hablarme con claridad— solía dedicarlas a ensayar estrambóticas obras de teatro con un grupo de locas cuyo máximo afán parecía consistir en vestir lo peor posible y epatar a la gente con sus atrevimientos. Un buen día, me propuso ir a medias en los gastos del desayuno y no encontré nada malo en ello.

—Por mutua conveniencia, Yanci, encanto —dijo.

Yo no tendría que preocuparme de nada en absoluto. Ella se encargaría de comprarlo y guardarlo todo. Oh, ni qué decir tiene que yo podría disponer de la cocina de la casa siempre que me diera la gana, pero ella no me lo aconsejaba.

En su habitación disponía de todo lo necesario. Hornillo incluido. Y además estaba segura de que a mí iba a resultarme mucho más cómodo así. Y probablemente tuviera razón. El caso es que a partir de entonces me vi entrando y saliendo de su cuarto como si tal cosa.

Lo más normal era sorprenderla envuelta en su albornoz irlandés, despeinada y descalza, aguardando a que emergiera el café en la cafetera y moviéndose vertiginosamente a lo largo y ancho de aquellas cuatro paredes como si tratara de evitar una catástrofe inminente, mientras me soltaba una sarta de instrucciones domésticas que invariablemente comenzaba con la expresión «¡Yanci, encanto...!». Acabamos adquiriendo una familiaridad epitalámica.

Desde luego, no se puede negar que Mulligan era una mujer desinhibida. Se reía de todo tipo de prejuicios estúpidos. Y en lo que se refiere al dudoso instinto del pudor, bueno, estaba sencillamente desprovista de él. Ni siquiera me ocultaba su cuerpo. Más bien al contrario. Me lo exhibía constantemente y sin el menor asomo de doblez. Aunque nunca como el primer día. Nunca al completo. Se ve que le gustaba ir por partes. Un trozo de muslo por aquí. Un hombro satinado por allá. Ahora un pezón duro y rojizo. Luego un ombligo ojo de gato. Cualquier otro hubiera llegado a conclusiones equivocadas, pero yo lo aceptaba inocentemente porque sabía que eso representaba un capítulo importante de su necesidad de expresarse. Y solo eso. Lo nuestro era el desayuno. En fin. Servicio de cafetería de lunes a viernes y se acabó.

Por lo demás, todavía había un tercer inquilino en aquel peculiar zoológico de bichos raros. Descontando a Godwine y a Mrs. Berryson, por supuesto. Era un brasileño.

Una eminencia en física nuclear, según decían. *El Einstein negro.* Su habitación también lindaba con la mía. Por el otro lado. Pero en aquellas fechas estaba ausente de la casa. De vacaciones en el hemisferio sur. Así que, de momento, vamos a dejarle allí. No conviene perturbar gratuitamente el merecido descanso de tan ilustre personaje.

Solo eres uno más
entre otros muchos
que al igual que tú mismo
observan y sonríen,
y tratan de entender.

VIII

RÁBANOS Y MILTON

Una mañana de sábado en las postrimerías del verano. Había estado vagabundeando de aquí para allá, dejándome arrastrar por la multitud que atestaba las calles, la horda humana ufana y sofocante, y en un momento dado recalé en una pequeña plaza de la zona antigua que hasta entonces no había tenido la oportunidad de conocer. Era un lugar muy vistoso, de pavimento adoquinado y porches de piedra en arco por los cuatro costados, en cuyo centro se instalaba cada sábado el mercadillo de flores y verduras.

Allí se alineaban, al aire libre, varios grupos de tenderetes cubiertos por toldos de listas multicolores con toda clase de mercancías esparcidas para su venta, desde los consabidos puestos de tomates, pepinos o ramilletes de flores silvestres, hasta otros de ropa usada, artesanía y objetos de bazar. La gente bullía entre ellos, curioseándolo todo con alegre excitación, mientras llenaban hasta rebosar sus enormes bolsas de papel de estraza. Por lo demás, el sol brillaba en lo alto del cielo y el aire se respiraba fresco y aromático. Un día, pues, realmente estupendo, como veis. Aunque, mirándolo bien, ¿puede considerarse estupendo, realmente, un día en que todo el mundo anda exaltado por el exceso de luminosidad, y constantemente congratulándose y tratando de mostrarse despreocupado y feliz,

66

y arrebatadamente y sin freno alguno precipitándose en una especie de histeria de la desinhibición colectiva? No lo sé. Desde luego no seré yo quien responda a esa insidiosa cuestión. Allá cada cual con sus interpretaciones. En cualquier caso, ahí me tenéis. Las manos en los bolsillos y silbando una canción entre mis semejantes. Más atento a sus codazos y empujones que a mi propia, en verdad, dulce zozobra.

Pero he aquí que, después de unas cuantas vueltas a la plaza, saciada con creces mi sed de contacto humano, y cuando ya estaba a punto de conseguir escabullirme de aquel pintoresco atolladero, siento que alguien tira de mí hacia atrás, tratando obstinadamente de malograr mi huida. Me vuelvo y ¿quién era? ¡Deslys! El refinado francés. Recién duchado, afeitado y perfumado. Camisa de un blanco reluciente en perfecta armonía con el esmalte de su dentadura, zapato fino, sin calcetín, y bronceado homogéneo.

—¡Cáspita, Yanci! ¡Qué casualidad! —dijo dándome unas cuantas palmaditas en la espalda. Era afectuoso.

—¡Caramba, qué coincidencia! —respondí en los mismos términos, esforzándome en ponerme a su altura con lo de la sonrisa.

—¿Qué haces por aquí? —dijo llevándose las manos a las caderas—. Merodeando, ¿eh?

—Sí. Echando un vistazo a esto.

—¿Te gusta esto, Yanci? —dijo mirando en torno a sí—. ¿Te resulta encantador?

—¡Claro!

—A mí me encanta esta parte de la ciudad. En serio. Sobre todo, en esta época. Parece que no hubiera cambiado en cientos de años —dijo extendiendo los brazos, y acto seguido, en tono apremiante, añadió—: A propósito, Yanci, ¿has visto por aquí el puesto de los rábanos?

—¿Te refieres a los rábanos? —respondí tratando de no parecer imbécil.

Pero Deslys, girándose rápidamente hacia un lado, sin hacerme caso, dijo con voz engolada:

—¡Leslie! ¡Ven para acá! ¡Acércate! ¡Mira! ¡Este es Yanci!

Y de pronto, una criatura alta y curvilínea, con una cabellera lacia a mechas rubias e insensata sonrisa, se acercó a nosotros, me cogió por los hombros y me estampó un par de succionantes y esponjosos besos en el acto. Era Leslie. Me pareció extraordinaria al principio, pero abrió la boca y rectifiqué al punto.

—¡Ciao! —dijo con voz aflautada. Es evidente que alguien le había dicho que yo era español.

—¡Ciao! —dije yo imitándola inconscientemente.

Entonces Deslys volvió a lo suyo:

—¡El puesto de los rábanos! ¡No lo veo por ninguna parte!

—¿Te gustan los rábanos? —dije.

—¡Los necesito! —apostilló—. ¡Necesito esos portentosos y crujientes afrodisíacos!

—No hay nada malo en ello, supongo —dije.

Por lo menos no se atiborraba de ansiolíticos y esa clase de porquerías.

—¡Excitan la libido, favorecen la circulación de la sangre, fortalecen los tejidos musculares y mantienen la mente despejada!

—¿En serio?

—¡Además me traen buena suerte! —añadió—. Siempre tengo que comerme unos cuantos rábanos antes de jugar los partidos.

Deslys veneraba los rábanos, estaba claro. Aquella misma tarde tendría que disputar un importante partido de tenis del torneo universitario y todavía no había conseguido su medicina. Había que encontrarlos como fuera. Antes de que se agotaran. Era cosa de vida o muerte.

—¡Tienes que ayudarme, Yanci! —dijo, como si en efecto le fuera la vida en ello. La verdad es que era un tipo capaz de contagiarte su impaciencia.

—Lo haré —exclamé con rotundidad, y en un abrir y cerrar de ojos nos adentramos los tres en la espesura con el ánimo firme y decidido de adquirir ingentes cantidades de rábanos.

Por suerte, no tardamos en dar con el puesto en cuestión. Si las enervantes propiedades que Deslys les atribuía estaban mínimamente fundadas, allí había rábanos como para trastornar la paz ciudadana durante un par de semanas.

Estaban agrupados por manojos de diez unidades, cogidos con una gomita y escrupulosamente ordenados en hileras bien trazadas. Deslys guardó silencio un instante, dedicado únicamente a contemplar en extática actitud aquella obscena exhibición hortofrutícola, y acto seguido, con ojos semientornados y beatífica sonrisa, profirió algunos tecnicismos bíblicos para que tanto Leslie como yo nos fuéramos haciendo una vaga idea de lo que sentía.

Su inconsciente francés se estremeció, no cabe duda. Pero eso no fue todo. Porque, cuando al fin se abalanzó sobre uno de aquellos sicalípticos y sonrosados manojos, ocurrió lo verdaderamente asombroso: ¡Milton! Debajo del manojo de rábanos que había levantado apareció una antigua edición de *El paraíso perdido*, de John Milton, encuadernado en rojo, con canto de piel y filigrana dorada.

—¡Oh, Dios! ¡No puedo creerlo! —susurró en pleno paroxismo—. ¡Esto es inaudito! ¡Sublime!

—*El paraíso perdido* —dije.

—¿Lo conoces, Yanci? *¡El paraíso perdido!*

—Así es.

—¿Te das cuenta de lo que eso significa?

—Bueno, es un clásico.

—¡Y menudo clásico! —dijo con un hilo de voz sosteniendo el libro entre las manos y pasándomelo por las narices—. ¿Lo estás viendo, Yanci?

—Huele a tierra —dije.

Deslys conocía de memoria páginas enteras de ese libro. Lo cierto es que coleccionaba «paraísos perdidos». Poseía varias ediciones distintas. En todos los idiomas. Estaba conmovido.

—¡Otro «paraíso perdido»! —repitió fuera de sí—. ¡Ya tengo veintiséis!

Según me explicó, él jamás traicionaría a Milton. En toda la historia de la literatura no había otro autor con el que pudieran alcanzarse resultados semejantes. Si sabías elegir el fragmento adecuado para cada tipo de mujer y en el momento justo, el éxito estaba garantizado.

—¡Es un pozo sin fondo! —dijo.

—¿Les gusta a las mujeres? —pregunté.

—¿Que si les gusta? ¡Trata de ponerte en su lugar, Yanci! —dijo—. ¡Les apasiona! ¡Realmente, les apasiona! ¿Qué creías?

Miré a Leslie. Tenía un manojo de rábanos en la mano y bailaba con los hombros, tensando su sonrisita hasta extremos inconcebibles.

—¡Una noche llegué a aguantar casi una hora sin soltar una maldita gota, recitándome sin parar capítulos y capítulos de esta magna obra del entendimiento humano! —dijo.

Yo puse cara de no entender.

—La chica me lo agradeció, puedes creerlo. Me confesó que jamás había experimentado nada tan brutal —dijo. Y luego añadió—: Si, por un lado, los rábanos te ayudan a ponerte en marcha, no hay nada mejor que Milton para retardar la descarga. Donde esté Milton que se quite toda esa pandilla de latinos lascivos. Por no hablar de los románticos. Con esos se te desinfla el pastel en los preliminares. Cuando se calmó un poco, volvió a inclinarse sobre el puesto de los rábanos y preguntó a la tendera por el precio del libro. Le respondió que el precio del libro era el mismo que el del manojo de rábanos. Al oír aquello nos pusimos los dos a levantar manojos, cada vez más ansiosos y frenéticos. Debajo de los rábanos fueron apareciendo libros como por arte de magia. Allí estaban *La feria de las vanidades*, las *Vidas de los poetas ingleses*, la *Historia de una barrica*, los *Cuentos de Canterbury*, una infinidad. Indistintamente encuadernados en telas rojizas y granates. Como si hubieran sido escogidos exclusivamente con ese criterio para servir de lecho al tenderete. Yo no salía de mi asombro.

Cuando la astuta vendedora, una mujer de unos cincuenta años con una pañoleta en la cabeza y encendidas mejillas, se percató de nuestro entusiasmo, supo aprovechar en su favor la circunstancia con innata sabiduría campesina. Nos dio a entender que los libros formaban lote con los rábanos. ¡Un todo indivisible! ¿Qué os parece? ¡Libros y rábanos en unión substancial! ¡Alimento para el cuerpo y alimento para el espíritu! ¡Puro hilemorfismo! Y que si estábamos interesados en adquirir alguno de aquellos volúmenes tendríamos que pagar también, en buena lógica, el manojo de rábanos que sustentaba.

—Una auténtica ganga —opinó Deslys.

—Se trata de una oferta especial —afirmó la mujer con manifiesta indiferencia.

En fin. Después de mucho sopesar las cosas, Deslys se contentó con su dilatorio miltoniano y el miserable manojo de rábanos que en rigor le correspondía. Leslie parecía no apercibirse de las consecuencias que eso podía tener para ella. Pero en lo que a mí respecta, diosmío, salí de allí cargado de rábanos inmundos como para el resto de mi vida y una pila de ejemplares mohosos que desde entonces no he vuelto a abrir por temor a las reminiscencias.

—¡Pruébalos! —me aconsejó Deslys con un guiño cuando nos despedimos—. No te arrepentirás.

Le prometí que lo haría. El día continuaba primoroso, para bien o para mal.

*Hay ocasiones en las que uno
está irremisiblemente condenado
a precipitarse en la loca corriente
de la estupidez universal.*

IX

¿QUÉ SABÉIS?

Llegó el otoño y tuvieron que barrer las hojas secas de la pista de tenis para que pudiera disputarse el último partido del campeonato. El tiempo estaba cambiando. Llevábamos jerséis y chaquetas de lana, y los días se hacían más cortos y más leves. Dentro y fuera de mí.

Leache y yo estábamos sentados en una de las gradas de la pista central, contemplando aquel insulso espectáculo con más paciencia que pasión, al menos en lo que a mí respecta. Antes del partido, en la primera hora de la tarde, habíamos tomado café y paseado juntos por los alrededores de algunos de los colegios más célebres, admirando el sol de las fachadas, charlando amistosamente, sin prisa alguna, y saboreando esa encantadora sensación de ociosidad que tan cara suele resultar en las postrimerías de este loco siglo. Leache, con esa peculiar indolencia que adquiere el movimiento del cuerpo cuando se llevan las manos a la espalda y se está satisfecho de uno mismo, me había estado contando las excelencias de aquella universidad, lo mucho que había avanzado en su trabajo y las extraordinarias perspectivas que veía abrirse ante él. Yo, por mi parte, me había limitado a escucharle con una, digámoslo así, indolencia de segunda categoría.

En cierto modo, fue una conversación reveladora. Aunque, desde mi punto de vista, lo más revelador fue que a raíz de aquella conversación me cercioré definitivamente de que él no sabía nada de mí. De mi relación con Helena, quiero decir. Cuando le hablé de la persona que me había facilitado su número de teléfono —un *viejo amigo* suyo, según dijo—, Leache ni siquiera se interesó por él. Daba la impresión de que estaba anímicamente desconectado de Pamplona o, en último término, que eso era lo que pretendía darme a entender. Ahora atendía al juego. Sin verdadero interés. Encendiendo un cigarrillo tras otro, como si eso le proporcionara la apatía necesaria para soportarlo. Y yo le atendía a él. Con toda discreción, por supuesto. La posición de las manos, sus gestos, el modo en que ladeaba la cabeza. Ignoro con qué objeto, pero sin esperanza alguna en cualquier caso.

Poco después de la despedida final de Helena, cuando recibí la notificación de que se me concedía una beca para pasar unos meses documentándome en una universidad europea, pensé que aquello era lo mejor que podría ocurrirme, siempre y cuando consiguiera aglutinar la energía suficiente como para cargar con un par de maletas, comprar el billete y subir a un vagón de ferrocarril.

Yo había elegido un tema de tesis lo suficientemente insólito como para que pudiera becarlo el ministerio, lo suficientemente abstruso como para que fuera preciso documentarse fuera de España, y lo suficientemente inútil como para que —cumplidas las dos premisas anteriores— nadie confiara demasiado en los resultados. Que a la postre fuera la docta el lugar más adecuado para realizar la primera fase del trabajo era algo que, en principio, ni dependía de mí ni me inquietó.

Naturalmente, yo sabía que Leache se hallaba allí, pero todavía no había comenzado a pensar en él como en un ser real. De hecho, las probabilidades de que Leache y yo llegáramos a conocernos en aquella ciudad de ensimismados me parecían, de antemano, escasas. Además, la circunstancia de que ambos hubiéramos amado a la misma mujer y, a renglón seguido, hubiéramos corrido a refugiarnos en el mismo lugar no significaba que estuviéramos condenados a enzarzarnos en una especie de duelo absurdo. Ni tampoco que tuviéramos que confraternizar forzosamente. Y, en último término, cuando ya no quedó otro remedio que aceptar el hecho del encuentro como algo, después de todo, inevitable y perfectamente normal, yo me aferré instintivamente a la idea de que las características de ese encuentro dependerían exclusivamente de mí. De lo que yo quisiera decir. O, mejor aún, de lo que fuera capaz de callar.

Pero Leache había dejado de ser una sombra para mí. Lo tenía ahí sentado, su codo se rozaba con el mío, podía escucharle respirar si me lo proponía. No sabía cómo abordarle, es cierto, ni si quería hacerlo, después de todo. Pero casi sin darme cuenta ya había empezado a medirme con él y a observarle de soslayo, estudiando sus gestos más indeliberados. La crispación con que aplastaba un cigarrillo, la desigual expresión de sus cejas cuando sonreía o el movimiento de sus manos cuando sostenía algo o trataba de parecer contundente. Como si quisiera intuir hasta dónde podría llegar a conocerle antes de arriesgarme a dar un paso en falso. Hasta dónde podría permitir que él me conociera a mí, antes de desvelarle la verdad.

En ese instante, volvió la cabeza y me sonrió. Ese gesto, completamente inofensivo y fortuito, me impresionó. Aunque entonces quizá no fuera consciente de ello. Hay cosas que uno siempre tiene que pensar de nuevo. Como si fuera cierto que la vida de cada cual pudiera consistir en una muy particular serie de emociones más o menos imprevisibles. Una especie de código. Y a la larga tuviéramos que rastrear nuestro margen de autenticidad en esa sucesión de imágenes involuntarias y súbitas. De modo que recordar fuera algo así como dar un sentido a posteriori a esa supuesta arbitrariedad de instantes inasibles. No lo sé. He dicho que su sonrisa me impresionó. Pero no porque adivinara en ella ningún indicio de amenaza o de burla. Sino por todo lo contrario. Era una sonrisa, hasta cierto punto, desamparada y baldía. No buscaba nada ni subrayaba nada y, sin embargo —y esto es lo que especialmente me llama la atención—, yo la recuerdo con una tenebrosa claridad, como si en el fondo aquella vaga mueca poseyera un mensaje que no supe descifrar y que, tal vez, hubiera podido cambiar el curso de las cosas.

Cuando el partido terminó, la luz de la ciudad se tiñó de un tenue gris azulado y comenzó a llover levemente. El otoño no quería hacerse esperar. Leache y yo recorrimos juntos un tramo del camino, con paso apresurado, sin hablar. Luego nos separamos y lo vi alejarse, bajo las nubes, por el bulevar ancho y desierto con hileras de castaños a ambos lados.

Al llegar a casa, subí directamente a mi cuarto. Desde la ventana esperé el atardecer. Todo estaba quieto y callado. Había gatos entre las lápidas. Parecían saber algo. Les pregunté:

—¿Qué sabéis?

Llevaba diecisiete días allí. Mi sombra se proyectaba sobre el cementerio, se extendía. Tal vez no fuera mi sombra.

*Nadie sabe a ciencia cierta
qué es lo que hay que ocultar,
lo único que sabemos
es que hay que ocultar algo.*

X

NEBEL Y RAUCH

Pronto descubrí el orden de las cosas allí. No es que se tratara de un descubrimiento arrebatador, desde luego. El orden de las cosas suele ser, normalmente, de una monotonía soporífera estés donde estés. Pero por lo menos conseguí atisbar el tipo de delirio que ofuscaba a cada uno de aquellos implorantes sonámbulos, así como hacerme una vaga idea de lo terriblemente poco excitante que iba a resultar mi vida, considerando que ya no me quedaba otro remedio que vivirla entre ellos.

En la primera mitad de octubre se produjo un movimiento de obediencia general. Todo el mundo se replegó sobre sí mismo. Adoptaron ademanes reflexivos, posturas de disciplinada gravedad. Y poco a poco fueron reemprendiendo sus sesudos estudios y trabajos, recluyéndose en recámaras, gabinetes y sótanos, declinando la frente bajo focos mefíticos o quemándose las retinas ante las totémicas pantallas de sus magníficos ordenadores personales. Era una fiebre contagiosa. Y también sucumbí a ella, como era de esperar.

Me asignaron un sitio en uno de los anexos del departamento de literatura y me dotaron de un carné que me permitía acceder a todos los catálogos y fondos bibliográficos. Una mesa de madera barnizada, al lado de una ventana desde la que podía divisar un pequeño grupo de abedules, era todo mi contacto con la realidad durante ocho o nueve horas al día. Siempre la misma mesa, siempre al lado de la misma ventana. Ignoro por qué razón. Pero llegué a sentir incluso cierto afecto por los abedules y la insignificante parcela de cielo que me correspondía. Simples abedules deshojados y mustios, cielo al que alzaba, de cuando en cuando, los ojos con gesto soñador.

Y además estaban los libros, por supuesto. Mis queridos libros, llenos de revelaciones y misterios. Los abría y los cerraba una y mil veces, buscando lo que buscara en cada momento o, tal vez, por el mero placer de abrirlos y cerrarlos. Los colocaba uno encima de otro —en ocasiones con verdadera mala intención— y hacía montones a mi alrededor, torres cada vez más altas, murallas que iban creciendo conforme avanzaba el día. Se diga lo que se diga, los libros constituyen una buena defensa contra el exterior. En especial cuando es algo exterior lo que nos aterra —puesto que siempre hay algo que nos aterra, a qué negarlo—. Los benditos libros. La gente todavía los teme un poco. Sin llegar a adorarlos, naturalmente. Pero te ven agazapado tras una fortaleza de libros —volúmenes, a ser posible, imponentes y bien encuadernados— y se lo piensan un poco antes de empezar a importunarte desconsideradamente con sus tristes angustias. No hay escondrijo mejor, para toda esa tropa de tipos indefensos cuyo máximo anhelo en esta vida radica en rozarse lo menos posible con sus contemporáneos, que un intrincado laberinto de libros en el que acomodarse y dejar que vaya pasando el tiempo alegremente. Claro que no siempre basta con agachar el testuz y apretar los dientes para sentirse a salvo.

Pero volvamos, fue por aquella época cuando, en parte a causa de una cierta venalidad emocional, me fui acostumbrando a comer a diario con Deslys. Trabajábamos muy cerca uno del otro. El muy cínico también se dedicaba a la literatura. Estaba llevando a cabo una investigación que consistía en diseccionar algunas de las biografías de un puñado de autores del libertinaje francés con el fin de rastrear rasgos comunes y establecer una especie de taxonomía de excentricidades y furores propios de esa gente. Eso de meter el morro y husmear en diarios íntimos, cartas y toda clase de memorias, secretos y porquería privada le hacía babear de gusto. Aunque hay que admitir, en su descargo, que había obtenido algunos hallazgos verdaderamente sobrecogedores. Sobre todo en lo que se refiere a cierto tipo de mugre que, con el paso de los años, suele depositarse en las recónditas oquedades del alma humana.

Pues bien, a eso de las doce, Deslys interrumpía sus pesquisas, recorría con trotecillo bailarín los escasos metros que nos separaban y golpeaba en la puerta de mi cubículo con el extremo de su estilográfica —primero tres y luego dos resueltos golpecitos—, consiguiendo de inmediato que yo acatara su orden con total rapidez. Refuerzo condicionado. Ejecutaba su irritante clave en el cristal de mi puerta y yo asomaba el hocico como una rata. ¡Al comedor! Eso debía de llenarle de satisfacción.

No obstante, me fue cayendo simpático con el tiempo. Y puesto que la comida que servían allí era una auténtica bazofia —hecho que debo subrayar sin miramiento alguno—, suponía cuando menos un alivio poder contar con un tipo tan desenvuelto como él, por decirlo así. Te ayudaba a superar el trance. A todas horas poseído por fantasmagorías y espejismos.

Recuerdo el día en que me contó la historia del profesor Nebel. Imposible olvidarla. El profesor Nebel era un anciano al que veíamos todos los días en el comedor de la universidad. Tendría unos ochenta años y vestía siempre igual. Camisa de franela azul oscura, chaleco negro, americana verde lagarto, pantalón gris jaspeado y bufanda de cuadros. Parecía un gánster jubilado, pero era un sabio. En mitad de la comida, el sabio sacaba un enorme pañuelo del bolsillo interior de su americana, lo agitaba sin ningún cuidado e introducía una buena parte de él en su también enorme oreja derecha. Con toda seriedad. Y a continuación, hacía lo mismo con la izquierda. Y seguía comiendo como si nada. Minutos después la emprendía con los orificios nasales. Nuevas exploraciones. Primero el derecho y luego el izquierdo. Tenía su propio método. Tras cada sondeo dedicaba unos segundos a examinar los resultados en el pañuelo con el ceño fruncido y profusión de muecas. Y, cuando terminaba de comer, repetía la operación con su dentadura. Ese era el momento culminante. Escupía la prótesis en su mano y la abrillantaba con el mismo pañuelo infecto. Me tenía fascinado. Lo raro es que nadie parecía poseer la sensibilidad necesaria para apreciar en su justa medida tan estimable *performance*.

Deslys me explicó que el viejo estaba chiflado. Meses atrás había muerto el profesor Rauch —quien fuera su compañero inseparable en este mundo a lo largo de los últimos cincuenta años— y, al parecer, su cerebro no había podido soportarlo. Era capaz de utilizar cuarenta pizarras para desarrollar una simple fórmula y sin embargo no había conseguido asimilar la muerte de su amigo, ¿qué os parece?

Ambos eran judíos centroeuropeos. Habían recalado en la docta ciudad en los tiempos de la guerra y desde entonces lo habían hecho todo juntos. Habían compartido su pasión por las matemáticas, sus paseos por el jardín, sus partidas de ajedrez y un voluntarioso silencio, sin separarse ni un minuto durante todo ese tiempo y ajenos por completo a cuanto sucedía fuera de sus dos cabezas. Como podéis imaginar, el profesor Nebel, el que yo conocí, no duró mucho. No pudo, no supo ser un superviviente, y terminó suicidándose a lo Séneca el día exacto en que se cumplió el aniversario de la muerte del otro. Fue como si se hubiera concedido a sí mismo ese plazo con la esperanza de que la naturaleza le liberara de intervenir en el asunto. Pero, por lo visto, la melancolía no le bastó. Así que se metió en la bañera, vestido con su toga catedrática, dejó correr los grifos y se cortó estoicamente las venas con una navaja de afeitar. Lo descubrieron cuando el agua empezó a salir por debajo de la puerta y un reguero rosado atravesó el pasillo y descendió por las escaleras hasta alcanzar el patio de un modo enternecedor. Uno siempre acaba enterneciéndose con la muerte, nos guste o no.

Por lo demás, la vida en la docta transcurría sin grandes acontecimientos. Salvo los trabajos de investigación, tesis, postdoctorados y cualquiera que fuera la categoría de las ocupaciones en las que, más o menos clandestina y ávidamente, se aplicaba cada uno sin que el resto se interesara en absoluto, nadie hacía nada extraordinario allí. O tal vez lo extraordinario radicaba precisamente en que nadie hacía nada distinto de lo que se venía haciendo en la ciudad, generación tras generación, desde hacía cinco siglos: leer libros, escribir libros y departir largamente acerca de lo leído y lo escrito.

*Cada uno emite
sus ondas alfa
como puede.*

XI

LA PÍLDORA DE WALKON

A falta de otras emociones menos elevadas y como mal menor, me fui acostumbrando a frecuentar los camarotes del Scafold, los sábados por la tarde. Era lo convenido. Allí acudían todos, semana tras semana, felices con la perspectiva de hartarse de cerveza e intercambiar sus pequeñas miserias durante unas horas. No es que fuera algo arrebatador, desde luego, pero servía de consuelo ver cómo incluso aquella pandilla de mentes preclaras se afanaba en purgar su soledad ironizando torpemente a costa de todo cuanto les rodeaba.

Uno de esos sábados, Walkon se animó por fin a brindarme su número especial. Yo había estado dando vueltas por las calles semivacías de la docta, dejándome arrastrar por la barahúnda de mis quimeras y tratando de vislumbrar un resquicio de lógica allí donde solo existía agitación y caos, hasta que, fatigado de andar a la deriva, recalé en el Scafold, quizás un poco antes de lo habitual. Y allí me topé con Walkon. Lo vi desde la puerta, acodado en la barra, sobre un taburete, frente a un largo vaso casi vacío, cuyo interior escudriñaba con los ojos extrañamente abiertos. Como si hubiera visto allí algo que le impidiera derrumbarse.

Había también otras personas en el local, pero todos desperdigados en mesas diferentes, ojeando en silencio sus periódicos y sin prestarse la más mínima atención unos a otros. En el rincón del fondo, junto a una de las ventanas, un tipo casposo, de unos cincuentaitantos años, escuálido y probablemente desquiciado, se debatía en su silla como poseído por un extraño frenesí. Era el escritor. Siempre estaba allí. Siempre sentado en el mismo lugar. Con la mesa repleta de borradores y una petaca metálica de la que bebía directamente y que el camarero se encargaba de rellenar de vez en cuando.

Avancé, pues, hacia el mostrador, me situé junto a Walkon y pedí un cola de faisán dorado, tratando de dar a mis palabras un cierto soniquete cantarín. Pero Walkon ni se inmutó. Parecía ausente. Apenas a un metro de distancia de mí. Extraviado en sus pensamientos e incapaz de percatarse de lo que ocurría a su alrededor. Eso creía yo. Pero cuando el barman regresó con mi bebida y sonó el tintineo de los cubitos de hielo, él extendió el brazo y con el dedo alzado señalando mi vaso, gruñó:

—¡Otro!

Y a renglón seguido, se llevó una mano al ojal de la solapa, extrajo de él la horripilante florecilla que llevaba prendida y me la tendió sin dejar de mirar el vaso que tenía delante.

—¡*Helleborus niger!* —exclamó—. ¡La flor del eléboro! ¡Muy recomendable para provocar la evacuación de los fluidos perniciosos!

Luego cogió su vaso y, mirándome con aparente amabilidad, me propuso que nos sentáramos en una de las mesas libres. Yo accedí, y nos sentamos juntos. Empezó hablándome de las legendarias propiedades de esta planta como antídoto contra la tristeza y me confesó que solía cultivarla *por puro atavismo* en las macetas que adornaban su librería.

Mientras decía eso se mantenía recostado en su silla, con el vaso entre las manos y una acritud entre distante y afectuosa. Poseía, por debajo de las otras, la sonrisa entrecortada de alguien que ha hecho un buen negocio a costa de la ingenuidad de otro y la mirada del que, en cualquier momento, puede repetir la jugada con toda impunidad. De ahí que, pese a su ajustada cordialidad, resultara tan difícil sentirse relajado en su presencia. Por de pronto, su aspecto no tenía nada que ver con el del típico librero caduco y bondadoso que uno está habituado a encontrar en las librerías de viejo. Aunque, a decir verdad, había en él algo que inducía a creer en sus palabras y a suponer que no las decía en vano. Tal vez, nada más, el hecho de que aparentara conocer los límites de su propia tiniebla. No lo sé. Lo único que yo sabía por aquel entonces era que Walkon había llegado a la ciudad hacía apenas tres años y que había comprado sospechosamente al contado la librería que ahora regentaba.

De su vida anterior no tengo otras noticias que las que él mismo quiso darme, con tono enigmático y telegráficamente. Episodios insólitos e inconexos en su mayoría: oscuras transacciones en Puerto Rico y México. Venta de automóviles robados o algo así. Viajes por todo el Caribe. Las Antillas, Brasil. Después África. Comercio de metales preciosos, marfil y «especias». Y por último Asia. Tailandia. Singapur. «Asuntos más serios», decía entornando los ojos, «otros productos».

—Es mejor olvidar —dijo al final bebiendo un trago.

—Pero eso parece emocionante —dije yo.

—No lo sé —dijo—. Bueno, ¿tomamos otra ronda de lo mismo? ¿Cómo dice que se llama?

—Deslys lo llama «cola de faisán dorado».

—¡Cola de faisán dorado! ¡Excelente! —exclamó—. ¡Brindemos por la luna del Caribe con un cola de faisán dorado, brebaje de piratas!

Entonces se metió la mano en el bolsillo y echándose hacia adelante, con los codos sobre la mesa, me mostró misteriosamente un estuchito de plata del tamaño de un dado de póker y adornado como tal. Lo sostenía entre los dedos con admiración, contemplándolo como si fuera un objeto de culto. Luego lo dejaba caer sobre la mesa, con ademán desdeñoso e inmediatamente volvía a recogerlo. Me aseguró que siempre lo llevaba encima. Decía que sentirlo en el bolsillo era como la garantía de seguir vivo.

—Lo hicieron expresamente para mí —dijo bajando la voz—. Un amigo.

Yo intuí que aquel dado ocultaba en su interior algo ciertamente valioso para él. En realidad, ese era el mensaje que me estaba enviando. Así que finalmente le pregunté:

—¿Hay algo dentro?

Entonces, me miró con un interrogante en la mirada y volvió a recostarse en el respaldo de la silla con gesto complacido.

—Es difícil decirlo —dijo bebiendo de nuevo.

—Quizá no guarde nada.

—Un dado de póker siempre guarda algo, muchacho.

Se puso un poco cínico. Quería añadirle suspense a la cosa, estaba claro. Yo desvié la mirada hacia un lado desinteresándome del dado. El bar estaba empezando a llenarse de gente, creándose un cada vez más denso ambiente de humo y voces.

—¿Qué cree que podría guardarse aquí? —prosiguió levantándolo con dos dedos—. ¿No se le ocurre nada?

Yo me encogí de hombros.

—No lo sé —dije—. Algo muy pequeño, desde luego.

—¡Lo más grande! —susurró entonces seriamente, alzando las cejas y clavándome intensamente la mirada—. ¡Guardo el silencio!

—¿El silencio?

—Sí. El silencio —dijo despacio, con voz pastosa—. ¿Acaso no hay ya demasiado ruido por todas partes?

—Pero ¿qué clase de silencio?

—El último silencio —puntualizó con rotundidad—. La única certidumbre posible sobre este maldito mundo, querido amigo.

—¿A qué se refiere en realidad? —pregunté inquieto.

—¡Cianuro!

—¿Cianuro?

—¡Lo suficiente! —respondió—. Una ampolla de cianuro como para eliminar a un caballo en un par de minutos.

Me quedé paralizado observando el dado sobre la mesa.

—De uso exclusivo, por supuesto —añadió—. No voy a verterlo en su cola de faisán, si es eso lo que le preocupa.

—Pero ¿qué pretende yendo por ahí con una ampolla de cianuro en el bolsillo?

—Me ayuda a no dar demasiada importancia a las cosas, eso es todo.

—Comprendo.

—La vida está acabada en cualquier momento, amigo mío. Saber que uno puede elegir el final la desdramatiza bastante.

—Siempre y cuando esté dispuesto a hacerlo.

—¿Elegir el momento?

—Sí.

—¡No amar la vida es un fundamento ético indestructible! —dijo, y alzó el vaso en dirección a la puerta con su estereotipada sonrisa de Mefisto.

Así que me volví y vi que acababan de entrar Leache y St. Anthony. Yo aún tenía la flor del eléboro en mi mano y con un rápido movimiento inconsciente la puse en un bolsillo como quien trata de esconder algo comprometedor. Es probable que Leache me mirara con una expresión de asombro, pero no estoy seguro. En cualquier caso, me sentí aliviado al verlos acercarse. Y al instante siguiente me pregunté por qué.

Respecto a las fantasías ajenas
ten siempre presente
que cualquier estupidez
puede mantener vivo a un hombre
después de los treinta años.

XII

CHUCRUT E INFANTICIDIO

La noche en que conocí a Bruno yo había estado cenando hasta tarde en el piso de los pedagogos alemanes. Aquella misma mañana, a mediados de octubre, justo cuando sonaban las campanadas de las nueve, Lanke se me había abalanzado en mitad de uno de los pasillos de acceso a la biblioteca desplegando ante mí el proceloso armatoste de su simpatía y, con el pretexto de que no hay por qué esgrimir una razón especial para invitar a cenar a un amigo, me había preguntado a quemarropa, con ojos vacilantes y sacudiendo ostensiblemente su pelada cabezota:

—¿Aceptarías cenar con nosotros esta noche?

La pregunta en sí no era complicada, y yo podía haber salido del paso con cualquier excusa, pero no hubiera logrado sino aplazar la invitación a cualquier otro día. Además, Lanke parecía un tipo susceptible. De los que opinan que decir lo que se piensa en todo momento y sin doblez alguna facilita las cosas y evita malentendidos. Un individuo difícil de esquivar, ya me entendéis. Y, por si fuera poco, me consideraba un amigo. Imposible rehusar. Me recuerdo a mí mismo, sacudiendo la cabeza al ritmo que él marcaba e incapaz de improvisar el más mínimo argumento en mi defensa.

—¿Con quiénes? —conseguí decir al fin, tímidamente.

—Bueno, ya sabes —contestó—, Schuler y Grezbegrifer. Son mis compañeros de piso. Se alegrarán de conocerte. ¿Qué me dices? Fue entonces cuando me enteré de que Lanke no vivía solo. Schuler y Grezbegrifer eran dos altruistas *pseudohippies* con los que Lanke compartía un piso de construcción antigua en la parte céntrica de la ciudad. Cuando me informó de que también ellos eran pedagogos un funesto presagio atravesó mi cerebro como un relámpago en la oscuridad.

—También a mí me gustará conocerlos —balbucí con esfuerzo.

—Estoy seguro de que pasaremos un rato agradable — tartamudeó al despedirse, y aquellas enigmáticas palabras se quedaron resonando en mi cerebro como una amenaza de la que ya no pude librarme en todo el día.

Así pues, a eso de las siete de la tarde, cerré de un golpe el libro que estaba leyendo, lo devolví a su lugar y abandoné el departamento resignado a mi suerte.

Poco antes de llegar, me detuve ante una tienda que hallé abierta y entré a comprar dos botellas de vino con la insensata esperanza de que el vino ahuyentara las contrariedades y facilitara el trance. Era un tugurio oculto y estrecho, escasamente iluminado por una única bombilla polvorienta y donde reinaba un penetrante olor a tuberías. El hombre que estaba allí sonreía todo el tiempo con rictus beatífico. No decía ni una palabra, pero sonreía. Como un loco feliz. El ser humano puede encontrar su margen de felicidad incluso en el pozo más infecto, recuerdo que pensé.

Cuando le pedí las botellas, las puso en una bolsa de plástico, tecleó en la máquina registradora y me señaló el importe con el dedo. Sin despegar los labios para nada. Le entregué rápidamente el dinero y me lancé de nuevo a la penumbra. Conforme salía, eché un vistazo hacia atrás, inconscientemente, y volví a verlo una vez más, tras el pequeño cristal del escaparate. Seguía sonriendo en la tienda vacía: parecía un santo en su hornacina.

Lo insólito del caso es que cuando llegué al piso y me abrieron la puerta, descubrí, no sin un ápice de espanto, la misma bendita sonrisa en los semblantes de los pedagogos alemanes. Diosmío, aquello parecía un complot. Claro que yo no estaba dispuesto a dejarme desanimar desde el principio. Hubiera sido nefasto. Así que les alargué una botella de vino a cada uno e imité como pude su estúpida mueca. Un hombre tiene que tener claro en todo momento hacia dónde debe retroceder. Y a este respecto, la estupidez suele ser un lugar bastante seguro. Goza de un montón de adeptos en cualquier parte del mundo. Y saben hacerse respetar.

—¡Hola, Yanci! —dijo Lanke—. ¡Gracias por venir!

—¡Hola, Yanci! —dijo Schuler.

—¡Hola, Yanci! —dijo Grezbegrifer, finalmente.

Aquello me tranquilizó. Podían ser rematadamente estúpidos, pero por lo menos demostraban una cierta capacidad para expresarse oralmente.

—¡Hola a todos! —respondí solidario.

Era el comienzo de una hermosa velada. Me hicieron pasar a la típica habitación multiusos. Ambientación al estilo *menospreciamos-la-riqueza-y-creemos-en-la-utopía*. Muebles de genuina madera de pino. Sillas *director-de-cine*. Mesas funcionales con ordenador. Libros sobre libros y entre libros. Música con una década de retraso. Carteles reivindicativos por las paredes y elementos nostálgicos por doquier. Me sentí de pronto atrapado en una especie de mundo emblemático.

En el centro, había una mesa redonda con un mantel de papel amarillo y cuatro grandes platos vacíos junto a cuatro grandes vasos, cuatro grandes servilletas y las dos botellas de vino que yo había llevado.

—Veo que está todo preparado —dije.

—Sí, es cuestión de minutos —dijo Lanke, y Grezbegrifer y él se dirigieron a la cocina para dar los últimos toques al guiso.

Schuler, en cambio, se quedó haciéndome compañía. El muy insolente permaneció un buen rato parado frente a mí, con auténtica displicencia, escrutándome con sus ojos malignos como si necesitara adivinar mi grupo sanguíneo para decidir si le merecía la pena hincarme el diente allí mismo y sin contemplaciones o me dejaba para otra ocasión. Por fortuna, no debí de parecerle lo suficientemente apetitoso, porque a continuación me dio la espalda, se sentó frente a uno de los ordenadores, abrió al azar un mamotreto que tenía a mano y se puso a leerlo desaforadamente como atravesado por un repentino interés.

—¿A qué te dedicas, Yanci? —dijo después, sin sacar la cabeza de su libro.

—Bueno —contesté—, todavía estoy tratando de aclararme un poco con el material.

—Por supuesto —dijo—. Pero ¿qué haces?

Lacónico y desconcertante, esa debía de ser su máxima.

—Tengo una licencia para pasar una temporada aquí recogiendo información y todo eso. Ya me entiendes, nada excitante.

—¿Cuál es tu especialidad, Yanci? —insistió con reticencia el muy cretino dándose la vuelta y clavándome de nuevo sus ojos de rata inquisitiva.

Schuler era uno de esos individuos de los que uno diría que disfrutan a costa de resultar impertinentes. Mediría, como mucho, uno sesenta y cinco, de piel cetrina, ojos negros y entrecejo diabólicamente torturado. Su pequeña estatura armonizaba con su apremiante inclinación a situarse por encima de los otros, pero cuando esto le resultaba inalcanzable optaba por ignorarlos olímpicamente. Un mecanismo clásico en la naturaleza.

—Según tengo entendido vosotros estáis llevando a cabo una interesantísima investigación pedagógica —dije.

—No exactamente —murmuró ceñudo, y se apresuró a abismarse otra vez en su libro enorme.

—Lo mío es la literatura —dije en tono de disculpa.

—Lo sé —dijo.

—La influencia de las *Danzas de la muerte* en la poesía barroca española —concreté.

Pero no respondió. Así que, en vista de eso, me entretuve echando un vistazo por las estanterías y traté de olvidarme de él, confiando en que la espera no se prolongara demasiado. Fue eterno.

Cuando por fin estuvimos los cuatro sentados a la mesa, con los vasos llenos de vino y un plato de chucrut humeante ante nuestras narices, Grezbegrifer comentó que llevaban más de un año investigando una masacre de niños que había tenido lugar a finales del siglo XIX en una granja escuela de la zona.

Por lo que llegué a entender, el mentor de la citada granja escuela, un furibundo filántropo imbuido de los ideales de la Ilustración, perdió el juicio un buen día y se cargó, con sus propias manos, a siete niños de edades comprendidas entre los seis y los doce años. El relato a tres voces de tan edificante suceso, junto al hedor de las coles fermentadas y la abundancia de charcutería que tenía delante, estuvieron a punto de hacerme vomitar.

—¿Qué opinas, Yanci? —me preguntó entonces Lanke—. ¿No es una historia apasionante?

—Desde luego —articulé a duras penas, inclinándome sobre mi plato y bebiendo a la desesperada un largo trago—. Me parece terriblemente interesante todo lo que estáis contando, de verdad. Seguid, por favor, os lo ruego.

—Al último de los niños lo cogió por el cuello y lo degolló con un cuchillo de cocina —apostilló Schuler llevándose un trozo de salchicha rosada a su sucia boca de rata sanguinaria.

Yo volví a beber con premura. Si conseguía superar ese punto, pensaba, ya no habría nada que temer.

—Era un cuchillo de monte, ¿no? —intervino Grezbegrifer con timidez. Se ve que era un hombre que daba importancia a los pequeños detalles.

—De cocina —sentenció Lanke—. No hay duda. Era uno de esos cuchillos largos y afilados que se utilizan normalmente para cortar un buen trozo de carne. Pero no estamos seguros de que lo degollara. Es muy probable que se hubiera limitado a clavárselo por todo el cuerpo de manera indiscriminada.

—Lo degolló —afirmó Schuler.

Todavía había diversidad de opiniones, como veis. Y eso que llevaban cerca de dos años con el tema del pedagogo infanticida.

—Yo, personalmente, también preferiría que lo hubiera degollado —admitió Lanke.

—Es más limpio —agregó Grezbegrifer—. De la otra forma siempre te queda la sospecha de que se hubiera ensañado realmente con uno de los chicos.

Cada vez que un pedagogo tomaba la palabra yo echaba mano de la botella, llenaba mi vaso y lo vaciaba al instante. Un método elogiado desde antiguo como forma infalible para superar determinadas situaciones más o menos delicadas.

—¿Y dónde radica el enfoque pedagógico de todo eso? —pregunté aun a riesgo de parecer vulgarmente iletrado.

—Se trata de una investigación histórica —puntualizó Schuler.

—Pretendemos analizar pormenorizadamente las circunstancias que hicieron posible la puesta en marcha de una experiencia tan avanzada para su época —siguió Lanke.

—Sí que parece una idea avanzada —dije.

—En su momento lo fue —añadió—. Además, ten en cuenta que funcionó con éxito a lo largo de todo un verano.

—Es extraordinario.

—En la base de la experiencia subyace la teoría de que el contacto con la naturaleza favorece el desarrollo armónico de las potencialidades de los niños —matizó Grezbegrifer.

—Claro que estos no tuvieron ocasión de demostrarlo —bromeé arriesgadamente.

—Fue una verdadera lástima que el doctor Maxwell resultara ser un esquizofrénico paranoide de perfil psicopático —susurró Schuler.

—Cuando se dio cuenta de lo que había hecho se volvió loco y prendió fuego a la granja, pero unos minutos más tarde se arrepintió de ello y murió calcinado tratando de sofocar el incendio —dijo Grezbegrifer.

—Bueno —dije—, después de todo no es un mal final. Quiero decir que podía haber sido peor, podía haberse salvado, ¿no os parece?

—Maxwell fue un pionero, Yanci —objetó Lanke en tono devoto—, y, a pesar de todo, su doctrina y su escuela continúan siendo hoy en día tan revolucionarias como entonces.

Me había propuesto de antemano no ser demasiado exigente con los pedagogos. Las personas que profesan una fe con mayor o menor dosis de entusiasmo suelen adoptar con frecuencia actitudes ligeramente esquinadas que hay que saber valorar en su contexto. Por otro lado, no está mal que la gente tenga algo en lo que creer. La civilización necesita creyentes, no importa en qué. Cuando menos, se mantienen ocupados. Y es lógico que les guste explayarse. En último término, el único riesgo que corres con ellos consiste en que después de cuatro horas de canturreo monotemático la cosa se vuelva un poco tediosa. Pero eso a mí no me preocupaba en absoluto. Siempre me he desenvuelto bastante bien en el tedio. Basta con dejarse estar y carecer de expectativas. Es sencillo.

Así que, cuando al fin dimos por concluida la fiesta, les aseguré que me había divertido de lo lindo, estreché las manos de los tres con vigor y me lancé escaleras abajo como alma que lleva el diablo, tratando de salir al exterior lo antes posible y colmar mis pulmones con una profunda bocanada de niebla inglesa helada.

El atrevimiento eterno de los insensatos infinitos me espanta, pensé alzando el testuz al silencio estelar, y acto

seguido, a salvo ya en los brazos de la noche, inicié sin
prisa el regreso a casa, con las manos en los bolsillos del
pantalón y viendo cómo cambiaba la forma de mi sombra
de una farola a otra.

Si no fuera, en verdad,
tan espantoso
podría incluso
resultar divertido.

XIII

EL TÓTEM AFRICANO

Cuando llegué, las luces de la casa ya estaban apagadas. Serían más de las doce y todos dormían. Cada cual atrapado en su particular trama de sueños, en su insondable y vertiginoso silencio, como debe ser. Así que crucé sigilosamente el sendero de grava del jardín, abrí la puerta y me introduje en la casa extremando al máximo los cuidados. No hay que turbar el sueño de los justos —al menos mientras sigamos albergando la sospecha de que continúan siéndolo—, es una regla universalmente aceptada. De modo que atravieso el umbral, doy unos cuantos pasos a tientas, sin encender las luces, y he aquí que al punto me detengo como paralizado por un alarmante y súbito presentimiento. ¿De qué se trata? ¡Un ruido extraño! ¡Y luego otro! ¡Y otro! Sospechosos crujidos que provenían del primer piso, como si alguien anduviera por el pasillo, arrastrándose furtivamente en la oscuridad.

Conteniendo la respiración, alargo el oído más allá del zumbido monocorde de mi propio desasosiego —no olvidéis que acababa de dejar el piso de los pedagogos y me hallaba aún bajo el efecto de la experiencia— y poco a poco, ralentizando mis movimientos con los músculos en tensión, me agazapo como un animal acechante tras la mecedora de Mrs. Berryson. Deliciosa operación la de escuchar en la oscuridad cuando no es precisamente la oscuridad la que nos aterra. Calibrar los infinitos matices de los sonidos nocturnos con el alma erizada. Tratando de aprehender lo inaprehensible; los ojos cada vez más abiertos y el cerebro cada vez más escalfado. En fin, ya me entendéis. El caso es que permanecí así algunos segundos, sin sacar nada en claro —en el fondo no esperaba otra cosa—, hasta que al final, asqueado y aburrido tanto de mí mismo como del resto del mundo, mandé al traste el experimento y me dirigí a ciegas a las escaleras con el ánimo firme y decidido de abandonarme al dulce exilio nocturno y olvidarme de todo por unas cuantas horas.

La intención era buena, como veis, pero he aquí que, al llegar arriba, aturdido como estaba y sin tiempo apenas para sopesar lo que se me echaba encima, me di de bruces contra una mole opaca y perfumada, y vislumbré de pronto ante mis ojos una magnífica dentadura fosforescente que refulgía con luz propia en mitad de la penumbra del pasillo. Todo fue muy rápido.

—¡Aaaaah! —grité aterrado. Pero nadie acudió a socorrerme. Tenía la garganta agarrotada, incapaz de emitir el más mínimo quejido, y aquello, más que un alarido, resultó un eructo de terror.

—¡Aaaaah! —volví a intentarlo.

—¡Tranquilícese! ¡Por Dios! ¡No grite! ¡No ocurre nada! —dijo entonces la dentadura.

—¿Cómo? ¿Quién es?

—¡Tranquilícese, amigo! —repitió cortésmente, haciéndose cargo del absurdo espanto que me embargaba—. ¡Tranquilícese y tome aliento! ¡No vaya a desmayarse ahora!

—¡Diosmío!, ¿quién es usted? —tartamudeé—. ¿Qué está haciendo aquí a estas horas? ¿Por dónde ha entrado?

—Acabo de salir de la ducha —dijo.

—¡Estaba escondido en la ducha!

—Nada de eso, no tema —dijo—. No voy a hacerle ningún daño. Me hospedo aquí, se lo aseguro.

—¿Se hospeda aquí? ¿Qué pretende contarme?

—¡Oh, nada en absoluto! ¡Créame! —dijo con deferencia—. Pero permítame que me presente, me llamo Bruno.

—¿Bruno?

—Giordano Bruno do Cristovao.

—¡El físico!

—Así es —dijo—. Me temo que nos hemos conocido en unas circunstancias poco convencionales.

—Si quiere decirlo así —suspiré aliviado.

El hombre estaba completamente desnudo, con la única salvedad de una toalla de baño enrollada a la cintura y unas pantuflas de felpa. En una mano sostenía un cepillo de mango largo y un frasco de gel. Me tendió la otra.

—¡Yanci! —dije estrechándola.

—Acabo de llegar de Brasil. De Río de Janeiro, la tierra del carnaval, ya sabe —dijo con voz susurrante.

—Claro, claro.

—Usted debe de ser el español, ¿no es así?

—Sí, eso es —dije—. Soy nuevo aquí.

—Mrs. Berryson me ha hablado de usted. Antes hubo otro español ocupando la misma habitación —dijo señalando mi puerta.

—Sí, Leache. Él me la cedió.

—¿Le conoce? —dijo sin alzar la voz—. ¿Qué ha sido de él? ¿Lo sabe usted?

—Sigue en la ciudad. Ahora comparte apartamento con un irlandés. Anthony Duggan.

101

—¿Con Duggan? —dijo sorprendido—. Bueno, espero tener ocasión de saludarlos a los dos un día de estos. Pero pase usted, pase si no tiene inconveniente —añadió invitándome a entrar en su habitación.

La puerta estaba entreabierta. La empujó y pasó detrás de mí. Un pequeño flexo, sobre una mesilla de noche, junto a la cama, ponía en la pieza una luminosidad exigua.

—Todo está bastante revuelto —dijo encendiendo la lámpara del techo.

El cuarto era muy holgado y se apreciaba en él un cierto perfume tropical. Se veía ropa tirada encima de un sofá, bolsos abiertos, columnas de libros en el suelo y un montón de paquetes desperdigados por todos los rincones. Junto a la ventana había un biombo plegado que él extendió para situarse al otro lado y ponerse unos pantalones de cuadros azules y verdes.

—¿Va a quedarse mucho tiempo en la ciudad? —me preguntó.

—No mucho —respondí—. Tres o cuatro meses, a lo sumo.

—¿Hasta navidad?

—Aproximadamente, sí.

—Una época entrañable, la navidad.

—Ya lo creo.

—Pero triste cuando se está lejos de los seres queridos.

—Muy triste.

—Yo, por ejemplo —dijo—, llevo tres años sin poder disfrutar de unas navidades con los míos.

Siguió hablando de las navidades durante un buen rato. Se ve que el asunto le afectaba, de eso no hay duda. Tanto, que estuvo a punto de deshacerse en lágrimas allí mismo, o eso me pareció. Afortunadamente recuperó la compostura en cuestión de segundos. Acababa de despedirse de su familia y ya estaba echándolos de menos. Un sentimental, pensé. Un físico nuclear sentimental, ¿qué os parece?

—En fin —dijo enérgicamente—, ¿ya ha mirado a su izquierda?

—¿A mi izquierda?

A mi izquierda, en la pared, sobre una repisa situada a media altura, se alineaba una hilera de máscaras sobrecogedoras, de estilos y tamaños variados. Ojos desorbitados, pómulos prominentes, orejas puntiagudas, fauces asesinas: un auténtico tesoro. Unas burlescas y sardónicas, otras torvas y trágicas. Unas talladas en madera, otras modeladas en barro o en metal.

—Es mi colección de máscaras —dijo Bruno.

—Le habrá costado mucho tiempo reunirla —dije.

—Sí, tenga en cuenta que las hay de todas las partes del mundo: del Japón, del Tíbet, de Nueva Zelanda, de Egipto, de Guinea, de Malí, de los indios americanos, y también de diversos lugares de Europa. Antiguas o modernas, festivas o sagradas, es lo mismo. En todas las épocas y en todos los lugares, los seres humanos han sentido desde siempre simpatía por las máscaras.

—Puede ser una manera de ponerse de acuerdo —dije.

—No crea —respondió—. Cada una tiene su determinada función. Desde la máscara que inviste al chamán de poderes sobrenaturales, a la empleada como un instrumento de tortura.

—Sin olvidar la que nos ponemos todos los días para salir a la calle —dije bromeando.

—Tiene razón —dijo—. ¿Se ha fijado en el ídolo?

En un rincón del cuarto, semioculto tras una pequeña butaca, se agazapaba una grotesca figura antropomórfica tallada en madera oscura, del tamaño de un gran perro, que empuñaba entre sus garras lo que parecía una serpiente dentada y escrutaba las sombras con sus ojos brutales.

—¡Es precioso! —dije.

—¡Sí, es Ngombo! —dijo él—. ¡Un antiguo dios africano! Se aproximó hasta el dios melancólicamente, pronunció una salmodia incomprensible y le acarició el occipucio con máxima ternura.

—¡Es el dios de la sabiduría! —precisó asintiendo—. ¡Ngombo!

Me llamó la atención su acatamiento a ese dios. Después sacó dos copas, me ofreció un traguito de jerez y acepté no sé por qué. Me fijé en que tenía un ojo azul y otro marrón, y le hice ver mi extrañeza sobre ese particular. Entonces me explicó que su madre era finlandesa. Dijo que sus antepasados provenían de los lugares más dispares del planeta. Una progenie casi tan diversa como el origen de sus máscaras. Eso nos dio tema para seguir hablando un rato. Me contó que estaba casado y que tenía dos niños, pero que de momento su familia permanecería en Río hasta que sus hijos crecieran. Me enseñó algunas fotos y las miré en silencio, y me comentó que ya llevaba tres años en la docta, y que durante ese tiempo solo había podido hacer un par de viajes a Brasil.

Llegué a conocer un poco a Bruno. Siempre estaba enfrascado en sus asuntos. Como ya he dicho anteriormente, era un científico brillante. Físico nuclear. Tenía ofertas de varias universidades americanas y europeas. Pero prácticamente no se relacionaba con nadie. Era afable y sin embargo estaba absolutamente solo. Quizá por elección o quizá por destino, no sé. Así son las cosas. Claro que tenía a su ídolo. Su ídolo y sus máscaras. Y toda la azarosa y fugaz coreografía de los espacios subatómicos.

Un bonito
lugar
para perderse.

XIV

EL PARAGUAS AMARILLO

Sobre la mesa, un bote de mantequilla, una taza de café, un aparato de radio, cintas, una caja de tampones, un azucarero, un pequeño jarrón con un puñado de flores marchitas, un paquete de cigarrillos, un estuchito de papel de fumar, un pasaporte, llaves, billetes y monedas, lápices y rotuladores en un vaso, un cenicero de cerámica, un libro de poesía arcaica griega, otro de Yeats, otro más de Djuna Barnes —pavorosa promiscuidad de los tiempos modernos—, un reloj de pulsera, una barra de carmín, un portarretratos con la foto de una niña, unas gafas de sol polvorientas, un tubo de pasta de dientes, un frasco de somníferos y un montón de galletas en un plato. El mismo desorden de todas las mañanas.

—¡Yanci, encanto! —musitó Mulligan con desgana, sosteniendo un tarro de mermelada de naranja en una mano y un trozo de galleta en la otra.

—¿Sí? —dije yo.

Mulligan estaba sentada a mi lado, con las piernas cruzadas. Tenía el albornoz abierto por delante y el pelo cogido con una goma. Antes de hablar, sumergió la galleta en el tarro, se la llevó a la boca sofisticadamente y cerró los ojos al morderla. Aquella mañana se había puesto el carmín en los labios antes de desayunar y cada vez que mordía su galleta tenía que apartarlo hacia afuera para no mancharse con la mermelada.

—¡Nada! —respondió.

Y a continuación se levantó, tomó un sorbo de café y se puso a liar un pitillo de hachís mirando por la ventana. Más allá del cristal se descubría un cielo oscuro y bajo con ligeros ribetes plateados sobre la línea del horizonte.

—¿Piensas fumarte eso ahora? —le pregunté adoptando una actitud deliberadamente inquisitiva.

—Está lloviendo —contestó.

—Ya lo veo —dije.

—Es un día triste —añadió.

—¿Pero de verdad te vas a meter eso a estas horas? —insistí yo.

Y entonces ella se volvió hacia mí y, soltándose la goma del pelo, sacudió la cabeza con indolencia y se quedó observándome en silencio con una expresión orgullosamente desamparada.

—¡Adoro la mala vida! —dijo.

—Sí, y estás perdida —dije yo.

Y ella asintió con un gesto triste muy divertido.

—Y el ruido de la lluvia en los cristales —proseguí— te recuerda los lejanos días de tu infancia, que, por cierto, fue terriblemente desdichada en aquel inmundo sótano del suburbio dublinés.

—Así es, Yanci, querido —suspiró.

Mulligan y yo reproducíamos constantemente, con relativa facilidad, esa clase de diálogos hinchados. La nuestra no era una relación natural sino una especie de representación perpetua. Creo que, en ese aspecto, los dos éramos ya de por sí bastante teatrales, pero además ambos sabíamos muy bien que aquella era la mejor manera de evitar caer tanto en situaciones ridículas como en malentendidos desagradables.

—Las niñas frívolas somos así, Yanci —añadió con un hiperbólico mohín—, insensatas y caprichosas unas veces, y lánguidas y melancólicas en el instante siguiente.

—Y perfectamente capaces de manipularlo todo en todo momento, no lo olvides.

—Quizás —dijo—. Pero, de vez en cuando, me invade la tristeza y cuando eso sucede lo único que me ayuda un poco, no me preguntes por qué, es pintarme los labios y desconectar durante un rato, con una pequeña dosis de autodestrucción controlada.

La radio, que parecía apagada, comenzó repentinamente a emitir una serie angustiosa de crujidos, como una ratita moribunda a la que fuera preciso rematar, así que Mulligan la apagó de un golpe, se encendió el pitillo y situándose en el centro del cuarto se desembarazó del albornoz y se quedó desnuda una vez más. Era su don. Y después de eso, empezó a vestirse frente a mí, despacio y ausente, como en un *striptease* al revés.

Había carteles de teatro, láminas de exposiciones y postales cubriendo las paredes. Una fotografía de Isadora posando en unas ruinas, un dibujo a tinta china de lo que parecía ser un desnudo femenino cubriéndose el rostro con las manos y un retrato de Annemarie Schwarzenbach con ropa de hombre y mirada abatida.

Cuando terminó de vestirse, dio un par de bocanadas a su cigarrillo y lo abandonó descuidadamente en el cenicero. Luego se calzó unas botas negras de media altura por encima de los vaqueros y me pidió —sin verdadera convicción— que la acompañara hasta el bar. Era sábado y los sábados su turno comenzaba a las once, lo que significaba que podríamos ir dando un paseo sin necesidad de apresurarnos en exceso.

—Está bien —dije, y pasé a mi habitación, cogí la gabardina y bajamos juntos.

Godwine y Mrs. Berryson charlaban en el salón cuando llegamos. Godwine se había encasquetado una chistera sucia de telarañas y empuñaba una enorme linterna encendida que mantenía enhiesta como si fuera un cirio. Tan pronto como se percató de que Mulligan y yo nos habíamos detenido al pie de la escalera y lo observábamos con expresión de extrañeza, nos enfocó alternativamente con su artilugio, hilvanó unos cuantos resoplidos inconexos y se largó de inmediato silbando un andante presto en dirección a la cocina.

Mrs. Berryson parecía divertida. Desde luego, el tal Godwine era un individuo supitaño. Lo que quiero decir es que podías verlo aparecer por una puerta cargando una enorme regadera de lata oxidada y al instante siguiente descubrirlo sentado en el tejado tratando de poner orden en los radios de una rueda de bicicleta o amortajando una jaula con propósitos ignotos. Era de esa clase de tipos de cualquier época. Os lo podéis imaginar: nariz pinchuda, sobreceño visionario, cuatro guedejas lacias y patas de garza. Siempre provisto de cachivaches, herramientas y esa suerte de cosas abandonadas y en desuso que subyacen en la memoria de todas las personas, en los desvanes de todo el mundo, y que al fin tan inmanentes suelen ser a ciertas imágenes de los tiempos remotos y perdidos.

—No le hagáis mucho caso —comentó la vieja dama desde el sofá, con una entonación a la vez irónica y tranquilizadora.

Mulligan atravesó la habitación con paso decidido, se acercó a una de las ventanas y descorrió ligeramente la cortina para echar un vistazo al exterior. Seguía lloviendo. A cántaros. Entonces se volvió para mirarme y encogiéndose de hombros, con un gesto de fastidio, asintió:

—Nos vendría bien un paraguas.

Y yo asentí también, sin decir nada. Y entonces, Mrs. Berryson, viendo nuestra indecisión, o nuestra indefensión, se puso en pie, me cogió por el codo y me condujo hasta el vestíbulo de la entrada.

—¡Buscad ahí! —ordenó—. Estoy segura de que tiene que haber algún paraguas debajo de todo ese desorden.

Una montaña de abrigos, gabardinas y gabanes anticuados abultaban por completo el perchero de la pared. Parecía el guardarropa de un comedor de desheredados. Mulligan y yo empezamos a rebuscar entre aquella mezcolanza de ropas viejas, y al cabo dimos, en efecto, con un paraguas. Era un pequeño paraguas de mujer, de un color amarillo desvaído, con un mango de madera tallada que representaba una cabeza de galgo.

—¿Lo veis? El paraguas de Miss Ferlucci —dijo al verlo—. Me pregunto qué demonios hará esa loca, esté donde esté, sin su condenado paraguas amarillo.

Pero, acto seguido, tras reflexionar en silencio unos segundos, esbozó una suave sonrisa y añadió con acento evocador:

—Aunque, pensándolo bien, no creo que le haga falta ya. Pronto hará dos años que murió. La enterramos ahí detrás, un día de diciembre, y por cierto que llovía tanto que no hubiera sido ninguna mala idea enterrar también su maldito paraguas para que, por lo menos, tuviera algo a lo que asirse en un momento dado.

Dicho esto, se dio media vuelta, suspiró profundamente y regresó al salón. Nunca más volví a oír hablar de la enigmática Miss Ferlucci, pero desde aquel día me quedé con su frágil paraguas amarillo y no volví a separarme de él ni un momento. Tal vez yo también estuviera necesitando algo a lo que asirme, no lo sé. Lo cierto es que acabé llevando el paraguas conmigo a todos los sitios, lloviera o no, y si bien, al principio, tuve que soportar bromas al respecto, pronto pasó a ser un elemento tan unido a mí que la gente dejó de darle importancia.

Bien, una vez en la calle, Mulligan se acercó a mí bajo el paraguas, pegó su mejilla a mi brazo y emprendimos la marcha acompasando el paso. Por el camino me contó que siendo niña su padre le había regalado un paraguas transparente para su cumpleaños.

—Estaba fascinada —dijo—. Era un paraguas de plástico, muy abombado, y yo podía meterme dentro de él y mirarlo todo.

—Mirar el mundo como desde el interior de un frasco.

—Sí, siempre estaba deseando que lloviera. Me gustaba pasearme sola por el barrio y ver las cosas a través de mi paraguas transparente —dijo—. El agua resbalaba sobre él y lo distorsionaba todo. Las casas, las personas; todo tenía un aspecto muy irreal visto a través de aquel paraguas.

—Bueno, a veces es preciso distorsionar las cosas para verlas mejor, supongo —dije.

—La verdad es que yo no veía más que brillos y sombras —dijo ella—, pero precisamente por eso me gustaba.

Entonces, Mulligan se quedó callada un momento. Con todo el cuerpo en silencio, en disposición de recordar. Como si estuviera evocando algunos aspectos de su infancia que

111

no quisiera desvelar. Atravesamos así el bulevar y luego algunas otras calles.

—¿Qué fue de él? —le pregunté al rato.

—¿Te refieres al paraguas? ¡Tuvo un final dramático! —exclamó con misterio—. ¡Ardió!

—¿Ardió? —dije extrañado.

—Unos pobrecitos hijos de puta le dieron fuego.

—¿Unos chicos?

—Sí, unos chicos del barrio. Lo quemaron delante de mis narices. Yo tenía entonces siete años. Le dieron fuego y se largaron riendo, y yo me quedé allí, bajo la lluvia, en medio de una plaza vacía, mirando el paraguas quemado y la columna de humo negro que desaparecía en el cielo.

Cuando llegamos a la puerta del Sibylline, me convenció para que entrara con ella y me tomara tranquilamente una taza de café. El bar estaba casi vacío a esa hora. Recuerdo que sonaba *What a wonderful world!* a medio volumen. Mientras yo me acomodaba en una mesa libre, junto a un gran ventanal de vidrio oscuro, Mulligan pasó al otro lado de la barra, saludó informalmente al tipo que estaba allí, un chico joven, muy delgado, que no le hizo el menor caso, y se desprendió del chaquetón desapareciendo tras la estantería de las botellas. Luego preparó el café, me lo trajo servido en una taza de color negro mate con forma de pirámide invertida, y volvió a irse dirigiéndome un gesto de complicidad. Estaba dejando de llover.

A través del cristal podía ver el exterior. La gente que pasaba. Igual que Mulligan tras su paraguas transparente. No está mal hacerlo de vez en cuando. Mirar a la gente. Pararse un momento y echar un vistazo al mundo. Comprobar que siguen ahí. Que nada ha cambiado en realidad desde la última vez. Verlos pasar, sencillamente, por delante del cuadro de la ventana. Sin pensar en nada. Sin tratar de sacar conclusiones. Verlos aparecer y desaparecer en cuestión de segundos. Más o menos deprisa, más o menos despacio. Pero cada uno con su pequeña quimera inconfesable. Confiando secretamente en que dure todavía unos años, unos meses, unos días más, tal vez. Cada uno con su pequeña sombra. Con su pequeña zona de dolor o de silencio. Como el pequeño desgarrón en la falda de aquella chica morena que cruzó entonces la calle cojeando levemente del pie izquierdo: me quedé mirándola un instante, viendo cómo se alejaba. Sobre ella se elevaba un enorme cartel publicitario en el que aparecía un automóvil rojo surgiendo de un túnel, y un poco más atrás un edificio deshabitado con las ventanas clavadas, una masa de nubes que lo cubría todo y, entre las nubes, una franja de luz que, de improviso, empezaba a abrirse lentamente, como el pesado telón de un teatro antes de la función.

*Hay que abrir
las ventanas
para que entren
los símbolos.*

XV

EL CUCHITRIL DEL DIPSOMANÍACO

La librería estaba ubicada en una zona de casas antiguas, próximas a la orilla del río. Esto era a finales de octubre. Una mañana, en principio, soleada. Yo había estado en el departamento hasta las doce, y a esa hora había cogido el paraguas y me había puesto a caminar en esa dirección. Walkon me esperaba. Yo caminaba despacio, miraba las casas, el cielo, los viejos rótulos de los comercios. De vez en cuando se veía alguna pequeña tienda de comestibles, algún negocio de anticuario, con una lucecita de escaso voltaje iluminando el interior, o sombríos talleres y almacenes medio destartalados, pero nada más. A medida que avanzaba, las calles se iban haciendo más estrechas y solitarias, y a la par que aceleraba el paso los ruidos de la ciudad se amortiguaban como si estuviera escapando del mundo civilizado e internándome en una especie de laberinto despoblado y hostil.

Cuando finalmente doblé la última esquina y divisé frente a mí el cuchitril del dipsomaníaco, decidí que, una vez hubiera entrado, haría todo lo que estuviera en mi mano por salir de allí lo antes posible. El sitio me resultaba un tanto sórdido. Para pasar había que descender tres peldaños y encoger el cuello mientras se empujaba una pequeña puerta de madera con cristal a media altura que hacía tintinear un estridente artilugio de campanillas y cascabeles. Evocador en grado sumo, como veis. Una vez dentro, lo primero que te llamaba la atención era el olor. Una mezcla de polvo, humo y humedad que, unida a una iluminación amarillenta a base de lamparitas con pantalla de pergamino, y a la infinidad de volúmenes infectos que atestaban los anaqueles hasta el último resquicio, producía en el recién llegado la impresión de haber penetrado en el umbral de un asfixiante mundo soterrado.

Walkon estaba apoltronado en una butaca de terciopelo verde, al fondo del local, elegantemente vestido, con traje azul marino y camisa blanca, sosteniendo un vaso de *whisky* entre las manos y agravando la expresión de su rostro conforme yo me iba acercando a él. Se puede vivir de muchas maneras, desde luego. Huyendo toda una vida o buscando toda una vida. Contando estrellas o abriendo zanjas. Dentro de un agujero confortable o haciendo guardia frente a una puerta condenada. Pero el maldito Walkon me resultaba inclasificable. Tan pronto presentía que se afanaba a la vez en todo eso, como, al instante siguiente, me asaltaba la sospecha de que era un cínico básico y que lo único que pretendía era evitar que las cosas le afectaran. Lo cierto es que no se levantó cuando estuve a su lado, ni respondió a mi saludo. Antes al contrario, se limitó a escudriñarme pormenorizadamente. Sonriendo con malicia. Como si tuviera la intención de enterrarme en el sótano y estuviera calculando hasta dónde tendría que cavar.

—¿Le gusta la poesía, Yanci? —dijo al fin echándose hacia adelante y estirando un brazo para alcanzar un libro que sobresalía de uno de los estantes—. Apuesto a que sí —dijo, a continuación, mientras me miraba directamente a los ojos—, apuesto a que usted mismo compone bellos poemas cuando las cosas no son, por decirlo así, todo lo bellas o verdaderas que deberían ser, ¿estoy equivocado? Siempre era igual. Intentando desconcertarte desde el principio con cualquier patochada insolente. Era su estilo, supongo. Pretender desenmascarar sus intenciones hubiera resultado inútil. Su conducta se había desentendido de cualquier línea de moralidad —salvo que la apatía y una suerte de lucidez perversa puedan considerarse una moralidad—, pero, en último término, lo único que pretendía con todo eso era adquirir una cierta ventaja desde el inicio, para llevar la voz cantante y controlar la conversación en todo momento.

—Antes lo hacía —respondí—. Pero de eso ya hace mucho tiempo.

—Por supuesto —añadió—, pero ahora escuche esto.

Y acto seguido se puso unas gafas, abrió el libro por una página elegida de antemano y empezó a leer con voz grave y pausada. Era Rimbaud. Las *Iluminaciones*. Leyó un poema largo, de un tirón, y en perfecto francés, y cuando acabó se quitó las gafas y alzó la vista hacia mí como esperando que yo dijera algo. No obstante, permanecí callado.

—¿Y bien? —dijo en vista de que yo no tomaba la iniciativa.

—Las *Iluminaciones* —señalé con desgana.

—En efecto —dijo sorprendido—, las *Iluminaciones*.

—Bonito poema —dije.

Walkon me miró indiferente, encendió un cigarrillo y se quedó unos instantes examinando concienzudamente el humo que brotaba de él. Luego se quitó las gafas, echó un trago de *whisky*, se retiró el pelo hacia atrás con los dedos abiertos y empezó:

—De vez en cuando, Yanci —dijo con cierto énfasis—, suelo dejarme llevar por el *pathos* de los sentimientos. Desoyendo toda lógica y haciendo caso omiso de toda razón. Bueno —siguió—, no diré que me vuelva loco eso de precipitarme en la ciénaga de la desesperación a ciegas, pero un poco de melancolía, a ser posible aderezada con unas dulces gotitas de autocompasión y todo ese tipo de basura sentimental, viene bien de vez en cuando. Ayuda a comprender siquiera someramente este astroso y errático universo, ¿no le parece?

—Nunca lo hubiera pensado —dije.

—¿Qué es lo que nunca hubiera pensado, querido muchacho? —dijo enarcando las cejas.

—Que le gustara la poesía.

—¡La poesía, claro! —exclamó echándose hacia atrás en su asiento y dejando que su mirada se perdiera en dirección a la puerta—. En torno a la literatura —continuó— hay cantidad de historias patéticas, miseria a raudales, pobreza moral, no sé si me explico...

—¡Perfectamente!

—Pero la poesía hace precisamente de eso su esencia. No trata de modelar la mierda. Nada de maquillajes. Te dice: ¡He aquí la mierda! ¡Todo es mierda y todo confluye en la mierda! ¡Mierda eres y en mierda te convertirás, y mientras tanto tragas mierda y vas dejando un rastro de mierda!

Yo esperé a que continuara sin decir nada, como es lógico.

—¡Por eso es grande! —dijo con los ojos muy abiertos, aunque, desde luego, sin perder su habitual empaque—. La poesía brota de la mierda. Todas las grandes cosas vienen de la mierda. De hecho, la vida misma procede de la mierda y expele por todo el firmamento su inconfundible aroma de putrefacción. A fin de cuentas, ser poeta no es otra cosa que tener el olfato lo suficientemente desarrollado como para captarlo, muchacho.

Se pegó así un buen rato, a vueltas con la poesía y con la mierda. La verdad es que yo no sabía si deliraba o estaba bromeando. ¡Tanto eléboro y tanta píldora mágica! Claro que, por otro lado, aquellas virulentas soflamas de Walkon me gustaban. Cuando Walkon trataba de convencerte de algo era a la vez espectacular y contundente. Sus argumentos carecían de fisuras, todo era lógico e incontestable, y en ocasiones brillante y clarificador. Hasta el punto de que no podías evitar darle la razón y reconocer con admiración la lucidez con que exponía su punto de vista. Sin embargo, un momento después, te dabas cuenta de que había algo torcido en el origen de todo su discurso, como si todo aquel magnífico edificio de palabras se sustentara en presupuestos poéticos y oscuros, y la eficacia con que manejaba ciertos vocablos enfáticos y absolutos ocultara, en el fondo, un inconfesable terror a la realidad.

Como colofón, es decir, para terminar, me regaló el libro de Rimbaud con gesto desprendido. Insistió para que lo aceptara. Dijo que yo sabría apreciarlo más que cualquier otro. Que lo creía así. Aunque no entendí muy bien qué quería decir con eso. Quizá Walkon tuviera también un reverso sentimental, después de todo, y le preocupara, de algún modo, la imagen que yo pudiera forjarme de él. No lo sé. El caso es que cogí el libro y lo sopesé un momento entre las manos antes de abrirlo. Se trataba de un volumen precioso en todos los aspectos. No muy antiguo. Publicado en París, para coleccionistas, por una editorial de prestigio, con las cubiertas en piel de color negro, los cantos bañados de oro y algunos excelentes grabados en el interior.

Me fijé en que, mientras yo pasaba las páginas, Walkon estudiaba atentamente la expresión de mi cara, de modo que interpreté con creces mi estupor y elogié el valor del obsequio con repetidas muestras de agradecimiento. Él esbozó una ligerísima mueca de satisfacción y asintió con la cabeza.

Entonces se me ocurrió invitarle a comer. Fue algo impulsivo. Supongo que pensaba que era lo menos que podía hacer en una circunstancia como aquella. Invitarle a comer. Corresponderle de alguna manera. Los regalos imprevistos siempre desconciertan un poco. Y más viniendo de un tipo como Walkon.

Él se tomó un tiempo antes de aceptar. Estaba medio tumbado en su poltrona verde, con las piernas estiradas hacia delante, cruzadas por los tobillos, y las manos entrelazadas ante la boca, ocultando una especie de sonrisa o algo así. Al final dijo:

—De acuerdo, iremos al Sword and Murphy, si le parece bien —y levantándose parsimoniosamente, vació de un trago el contenido del vaso, cogió su abrigo y salimos de allí.

El Sword and Murphy estaba situado junto a la orilla del río, no lejos de la librería. Era un lugar reducido y agradable, con un bonito comedor acristalado, lleno de mesas cubiertas por manteles blancos y pequeños jarroncitos con flores amarillas en el centro. En la única mesa ocupada había una mujer de mediana edad, elegantemente vestida, con un caniche acurrucado en su regazo al que ofrecía, pinchados en su propio cubierto, pequeños pedazos de perdiz asada, mientras le comentaba en tono confidencial algún delicado asunto que parecía preocuparla. Cuando nos sentamos, el encargado del servicio saludó a Walkon cordialmente, nos entregó la carta y nos sirvió los dos martinis que habíamos pedido al entrar. Walkon me dijo entonces que solía comer a menudo en ese restaurante.

—Hace algún tiempo solía comer aquí con Leache al menos una vez por semana —añadió cogiendo distraídamente su copa y bebiendo un sorbo corto.

—¿Quiere decir que ya nunca comen juntos? —pregunté. Pero él se limitó a negar con la cabeza, echando un vistazo al exterior a través de la ventana, desde donde se dominaba una estupenda vista panorámica bajo un cielo cada vez más turbulento.

Un camarero se acercó a nuestra mesa, anotó lo que pedimos y volvió a desaparecer con pasos ágiles. Yo sabía que Leache y Walkon habían mantenido una relación más o menos intensa a lo largo del año anterior, aunque no sabría explicar qué era lo que los había unido en un principio. Por lo visto, Walkon le había ayudado de alguna manera, prestándole dinero o algo por el estilo, y Leache se veía obligado a estarle agradecido. Digo esto porque, según me había asegurado Helena, cuando Leache abandonó Pamplona no contaba aún con el dinero de su beca. Se había marchado de improviso y con ánimo de cortar amarras lo antes posible, como suele decirse.

—¿Y qué opinión le merece? —insistí—. ¿Qué piensa de él?

—¿De Leache?

—Sí.

Walkon, naturalmente, no me contestó de inmediato. Amaba los largos silencios. Ahora miraba la corriente del río con los ojos semientornados, como si estuviera buscando una respuesta lo suficientemente alegórica como para quitarme de una vez las ganas de continuar haciendo aquella clase de preguntas y a la vez quisiera darme a entender que por nada del mundo conseguiría impacientarle. En ese inciso, el camarero nos trajo los platos que habíamos pedido y volvió a esfumarse sin decir palabra. Yo seguía esperando, de todos modos. Al final Walkon, después de probar el primer bocado de su comida, soltó el tenedor y poniendo los codos sobre la mesa, con las manos a la altura de la cara, sentenció:

—El que tiene dinero quiere escapar del dinero. El que vive detrás de una puerta quiere abrirla. El que duerme al aire libre sueña con un techo. El que tiene el corazón destrozado sueña con vivir sin corazón.

—¿Quiere eso decir, tal vez, que Leache tenía el corazón destrozado cuando llegó aquí? —dije.

—Eso yo no lo sé, muchacho —dijo él—. Lo que sí sé es que todo el mundo quiere escapar de algo.

—¡Escapar!

—¡Escapar, en efecto!

Cerraba los ojos para pronunciar determinadas palabras. Con otras sonreía. Con otras solo hacía una pausa. Pero la palabra «huida» y todos sus condenados sinónimos le producían una exaltación especial.

—Sí, es posible —admití.

—¡Unos escapar hacia arriba y otros hacia abajo! ¡Unos hacia el este y otros hacia el oeste! —exclamó.

—Sí, como el viento.

—Unos hacia adentro y otros hacia afuera.

—Es inevitable.

—Más aún, es imprescindible.

—Todo el mundo quiere escapar, ¿no?

—Todo el mundo quiere escapar de lo que tiene.

—Todo el mundo quiere escapar de lo que es, supongo.

—Todo el mundo piensa que hay un agujerito para él en algún lugar.

—Una grieta en el muro.

—Sí, pero no hay tal grieta.

—¿No la hay?

—No.

—¡No la hay!

—Puede partirse la cabeza contra el muro si quiere comprobarlo.

—Mucha gente lo hace —dije sonriendo.

—Sí, mucha gente lo hace, desde luego —dijo sonriendo también.

Entonces aparté la mirada y volví a tropezar con la señora del caniche. Esta vez el perro metía la lengua en una taza de té que ella sostenía con su flaca mano llena de bisutería pesada.

—Quizá eso de partirse la cabeza contra un muro no sea, en el fondo, lo peor que uno pueda hacer en este loco mundo —dije tratando de provocarle con mi habitual pose adolescente.

Walkon había dejado el plato a medio terminar y hurgaba indolentemente con el cuchillo en los restos. A juzgar por el extremado interés que ponía en atisbar todo lo ínfimo y exiguo que acontecía a su alrededor se diría que barruntaba una cierta suerte de providencia entre los átomos. Luego alzó los ojos, me examinó con detenimiento, como si yo también formara parte de sus disquisiciones, y, tras una larga serie de gestos ralentizados, dijo:

—Quizá, pero tenga cuidado en cualquier caso.

—¿A qué se refiere?

—Va buscando señales y al final se enajena con las señales.

—¿Por qué lo dice?

—Todo el mundo lo hace, pero usted, además, mira al cielo constantemente. Mira al cielo demasiado, muchacho. Y eso no es bueno. No hay que darle demasiada importancia. El cielo solo es una trampa.

—Sí, quizá tenga razón —admití—. Pero el hecho de mirar al cielo tampoco significa nada.

—Ya lo creo que significa. Y mucho. A mí me ocurre lo mismo, de algún modo. Supongo que se trata de una especie de superstición difícil de superar y que a la postre convierte todo lo que nos rodea en un oráculo. Siempre andamos buscando señales, preguntando a las cosas por nuestro destino y creyendo, en el fondo, que ese imperceptible rayo de sol que de repente cae sobre nuestra mesa viene a traernos la noticia de que acabaremos siendo felices muy pronto. Vamos buscando razones para vivir y al final nos volvemos locos con las malditas razones para vivir.

—¿Y eso es malo?

—Las razones no tienen nada que ver con la vida —dijo.

—Pero yo no busco razones para vivir —alegué.

—Ah, ¿no? En ese caso le felicito. Está en el camino adecuado para acabar convertido en un perfecto idiota. Una carrera con futuro, sin duda, tal como están los tiempos.

Eso fue todo. A continuación, pidió un *whisky* doble y se encendió un cigarrillo. Era su manera de distanciarse. Yo, entretanto, me tomé un café y permanecí en silencio, acodado en la mesa, mirando las evoluciones de las gaviotas sobre el agua. En el otro extremo, la mujer del caniche, ajena por completo a nosotros, besuqueaba espasmódicamente el hocico del mimado animal al que guardaba entre sus ropas con amor verdadero.

Cuando decidimos irnos, Walkon se acercó a la mujer y le dijo con absoluta seriedad:

—Un precioso animal, si me permite decirlo, señora. Y muy inteligente, por lo que he podido observar.

Tanto la mujer como el perro escucharon a Walkon con el mismo asombro.

—Muy amable, señor —dijo ella sonriendo, mientras Walkon, dirigiéndome una mirada cargada de sarcasmo, acariciaba con unos ligeros golpecitos la cabeza del perro.

Puede que aparentara ser un tipo duro, que se esforzara en ello, como otros se esfuerzan en parecer honestos o afables. Puede que esa especie de heroísmo absurdo por el que había optado, ese empeño en dedicarse a denigrar la necedad y el vacío de todo, resultara penoso y amargo. Pero había algo en él, fuera cual fuese la historia que se había propuesto enterrar, que podía llegar a emocionarte. Algo difícil de explicar. Acaso el saber que la prueba más firme de que seguía vivo se la proporcionaba el contacto de aquella cápsula de muerte que en todo momento portaba en el bolsillo de su americana, acaso, sin más, el hecho de que con solo cuatro muecas supiera recordarte que no se hacía falsas ilusiones contigo. Que no había nada en ti que pudiera servirle. Y que, por lo tanto, no iba a sentirse decepcionado si te mostrabas ante él, simple y llanamente, como el ser desdichado que se suponía que eras.

Estuvimos paseando unos minutos por la orilla del río, bajo los árboles del camino. Luego el cielo se oscureció completamente, se levantó el viento y empezó a llover con suavidad. Él tenía que volver y yo le acompañé de nuevo hasta la librería. Cuando nos despedimos, le dejé en la misma actitud que lo había encontrado, sentado en su butaca con el cuerpo aún erguido, las piernas cruzadas y un nuevo vaso de *whisky* entre las manos. Como si estuviera esperando algo y no supiera qué. O, mejor dicho, como si supiera algo que le impidiera en realidad esperar nada.

Cuando comencé a andar, una chica pasó en bicicleta a mi lado y se volvió para mirarme. Llevaba un sombrero negro y un abrigo de cuero, suelto, que se agitaba a ambos lados. El pavimento estaba mojado y su imagen se reflejó en él por un instante, mientras se alejaba sonriendo hacia el final de la calle.

Uno envejece, más o menos,
el tiempo pasa, hasta cierto punto,
las cosas ocurren, de eso no hay duda,
y salvando las distancias
la vida se va poquito a poco.

XVI

TOQUE DE ÁNIMAS

Eran poco más de las ocho de la tarde de la víspera del Día de Todos los Santos, cuando sonó el timbre y Lanke se lanzó hacia la puerta como una exhalación. Unos minutos antes, había sonado el teléfono y Lanke había descolgado el auricular con la misma premura.

—¡Hola, Nina! —había dicho.

Tanto los otros pedagogos como Leache y yo habíamos enmudecido al observar la radiante expresión que había invadido el rostro alemán de Lanke al decir eso, y nos habíamos quedado mirándolo todo el rato, viendo cómo esa expresión se transformaba poco a poco a medida que él seguía diciendo, cada vez en un tono más bajo:

—Sí, Nina. Está bien. Es una lástima. De acuerdo, Nina. Lo sé. Lo sé. Sí, Nina. Claro, Nina. No te preocupes. No. Mañana te llamo. Sí. Que te mejores. Hasta la vista, querida.

Al cabo, Lanke había colgado el aparato con un gesto desolado. Pero al observar la expectación que había suscitado, había intentado disimular su decepción exclamando:

—¡Lo que me temía!

—Nina no puede venir, ¿no es eso? —había dicho Schuler.

—Se encuentra mal. Está acostada.

Yo todavía no sabía quién era Nina —esa misteriosa «Nina querida»—, pero cuando sonó el timbre y Lanke se dirigió a

126

la puerta como una bala, todos albergamos, por un momento, secretamente, la esperanza de que aún pudiera tratarse de ella. No era ella, sin embargo. Eran Leslie y Deslys. Venían radiantes, luminosos, empuñando con ostentación sendas botellas de champán que dejaron sobre la mesa y envueltos en una resplandeciente aura de jovialidad que contrastaba con la, por decirlo así, moderada quietud en que nos encontrábamos antes de su llegada. Entonces nos levantamos, nos acercamos a ellos y Leache cogió una de las botellas sobre la marcha.

—¡Ábrela, vamos! —dijo Deslys despojándose rápidamente de su abrigo—. Que alguien vaya a por las copas.

—¡Vaya, champán francés! —dijo Leache mostrándome la etiqueta.

—Sí, acabamos de comprarlo —dijo Leslie.

—Todavía está frío —aseguró Deslys.

Todos estábamos de pie, formando un círculo, mirando las botellas. Leache extendió el brazo y le entregó a Lanke la que él había cogido.

—Ábrela tú —le dijo.

Cuando Grezbegrifer trajo las copas, Lanke descorchó la botella y las fue llenando con cuidado. Schuler se apartó a un lado y se puso a mirar por la ventana. Todos bebimos menos él.

—¡Que alguien improvise un brindis! —dijo Deslys.

—¡Sí, un brindis! —coreó Leslie.

Pero nadie decía nada. Entonces, de improviso, Grezbegrifer alzó su copa y mirando a Lanke, dijo:

—¡Por Nina!

Lanke puso cara de extrañeza.

—¿Por Nina? —dijo Deslys—. ¿Quién demonios es Nina, si puede saberse?

La verdad es que yo no me había hecho demasiadas ilusiones con aquella dichosa reunión de almas en pena. El piso de los pedagogos, al menos para mí, estaba impregnado de chucrut e infanticidio, y el hecho de festejar aquel remedo de Halloween precisamente allí, y precisamente con Lanke como maestro de ceremonias, era algo que, en principio, no me volvía loco de alegría, a qué negarlo. De todas formas, estaba decidido a dejarme arrastrar por el entusiasmo general —en el supuesto, claro está, de que hubiera existido tal cosa, o algo que se le pareciera—, pero antes incluso de que hubiéramos gozado del tiempo necesario para ir desengañándonos poco a poco, de un modo pausado y civilizadamente, que es, como todo el mundo sabe, lo que normalmente suele ocurrir en esta clase de veladas, surgió el abyecto Schuler, abrió la boca y lo anegó todo con su basura. ¿Existe en la naturaleza humana una preferencia tácita por el mal o soy yo el que así lo ve y por lo tanto debería empezar a considerarme a mí mismo como un individuo abominable? De acuerdo, no voy a entrar en eso, pero en aquel instante sentí que la habitación se erizaba, que Lanke ahogaba en silencio un sollozo lastimero y que un liviano Deslys porfiaba por deslizarse subrepticiamente hacia el interior de su formidable camisa tejana con bordados dorados y flecos en el pecho.

Lo que ocurrió es muy simple. Por lo visto, la tal Nina era una candorosa jovencita australiana, estudiante y bailarina a la vez, no hace falta decir más, con la que Lanke había entablado, hacía unas pocas semanas, una relación particular. Esto había quedado más o menos desvelado después del episodio del teléfono, aunque parece ser que los pedagogos ya conocían la peripecia desde bastante tiempo atrás. Hasta aquí no hay ningún problema. Todo estaba claro y podía incluso considerarse de lo más adecuado y encantador. En cambio, lo que ya no estaba tan claro, lo que ya no resultaba tan encantador, y Schuler, el abyecto Schuler, se ocupó de divulgar oportunamente, haciendo gala de un artero circunloquio a base de calculadas medias palabras y alarmantes dobles sentidos, es que mientras Lanke se afanaba en engatusar a la guapa bailarina con su demoledor estilo discursivo, Deslys le había estado recitando en privado escogidos fragmentos de *El paraíso perdido* de su admirado Milton.

A raíz de semejante descubrimiento, como digo, Lanke se sumió en el mutismo, de modo que, el resto, nos fuimos acomodando en las sillas vacías y permanecimos a la expectativa, interrogando a nuestro corazón. Todos menos Leslie, claro, que, incapaz de soportar las dimensiones que estaba adquiriendo el melodrama, clavó en Deslys una mirada asqueada y furiosa, llenó hasta rebosar una copa de champán y la derramó lentamente sobre su estupenda camisa bordada mientras, sin dejar de sonreír, le insultaba copiosamente con una voz profunda, susurrante y cargada de matices.

Seguidamente, después de unos segundos de vacilación y en vista de que Deslys aceptaba el castigo con docilidad, tiró la copa sobre la mesa, ensombreció súbitamente la expresión de su cara, y sin darme tiempo a entender lo que ocurría, vino a sentarse sobre mis rodillas como si eso fuera lo peor que, de repente, se le ocurrió hacer. Creí que iba a apoyarse en mi hombro para llorar, pero en lugar de eso empezó a reír. Estaba desolada, no cabe duda.

Bueno, considerando que la situación era, por decirlo así, un tanto delicada, y en vista de que el más mínimo gesto por mi parte corría el riesgo de parecer muy exagerado, hice lo que cualquiera hubiera hecho en mi lugar: representar mi desconcierto con irreprochable candidez y dejar que cada cual sacara sus propias conclusiones. Al cabo de un rato, Leslie se incorporó de nuevo y volviéndose hacia mí me preguntó, con voz perfectamente audible, si estaba dispuesto a acompañarla. Dijo que no soportaba aquello y que quería largarse cuanto antes porque tenía mucha prisa. Yo eché una ojeada a mi alrededor para escrutar los rostros de la concurrencia —rostros cogitabundos y evasivos, por lo demás— y, vislumbrando que, de pronto, aquello tomaba un cariz irreparable, pensé que era una buena ocasión para escapar dignamente del deshielo inminente, así que me levanté tras ella, me despedí con un gesto de los cadáveres de la fiesta y salimos de allí.

Nunca volví a ese piso. Cuando estuvimos en la calle tuve la impresión de que nada de lo que había ocurrido era especialmente grave en realidad. Y sin embargo, pensé que eran ese tipo de malentendidos banales y a menudo ridículos los que tuercen brutalmente las vidas de las personas y a la larga pueden acabar resultando transcendentales y terribles.

—No es preciso que me acompañes, si no quieres —dijo Leslie entonces esbozando una tenue sonrisa que borró enseguida con tristeza.

—¿Dónde te alojas? —pregunté—. ¿Queda lejos tu apartamento?

—Me alojo en la residencia americana —dijo.

—¿La residencia americana?

—Sí, junto al Trinity —dijo—. Cerca de aquí, ya sabes.

Serían apenas las nueve de la noche. Atravesamos primero la pequeña plaza de suelo empedrado y seguimos sin hablar por unas cuantas calles estrechas y vacías. Hacía verdadero frío y el cielo estaba cubierto y gris. Leslie llevaba desabrochados los cierres de su chaquetón de piel y dejaba que los brazos le colgaran a ambos lados del cuerpo con evidente abandono. Seguía sin hablar, con la mirada perdida, como si estuviera pensando aún en la escena que habíamos dejado atrás. Luego bordeamos el parque bajo la hilera de farolas. Entre la niebla, la luz anaranjada de las farolas producía una atmósfera ambigua, como de cuento de hadas, y el sonido de nuestros pasos se amortiguaba dando la impresión de que caminábamos por un paraje despoblado y extraño.

—Estoy rodeada de locura, Yanci —dijo—, tratando de caminar de puntillas por el bordillo de la acera.

Dijo esto o algo parecido, no estoy seguro. Tal vez fuera una frase hecha o un verso. El caso es que yo me fijé instintivamente en sus zapatos: rojos, puntiagudos, y con un tacón endiabladamente estilizado, y pensé que nadie camina de puntillas por el bordillo de la acera llevando esos zapatos. No obstante, le dije:

—¿Te apetece un café?

Estábamos justo delante de una cafetería abierta y pensé que a los dos nos vendría bien entrar y tomar algo caliente. Y Leslie asintió con la cabeza. Cuando entramos, había algunas personas desperdigadas en mesas diferentes. Nos sentamos en la barra y pedimos dos cafés y algo de comer. Entonces ella levantó la cara y nos miramos. Directamente a los ojos. Había estado llorando, pero ya no lloraba. La mano metida entre el pelo y acodada en el mostrador.

—¿Viste la camisa que llevaba Deslys? —dijo sonriendo.

—Sí —dije—, era imposible no verla.

—Se la he regalado yo —dijo, mordiéndose el labio y negando con la cabeza, como si incluso a ella misma le resultara difícil creerlo.

—¿Es cierto eso? —dije.

—¡Esta misma tarde! —añadió—. ¡Hace apenas unas horas!

Después me confesó que tenía intención de abandonar la docta, que estaba harta de aquella vida monótona y que había pensado dedicarse unos años a viajar por el mundo. Yo le dije que no era mala idea, que se aprende mucho en los viajes y todo eso. Vaya cinismo. Por lo visto, su padre estaba podrido de dinero —eso me dio a entender al menos— y podía permitirse ese lujo y muchos más: hacer un crucero por el Mediterráneo, hospedarse en los mejores hoteles de Europa y poner en orden su vida sentimental sin necesidad de soportar a tipos mezquinos ni a fantoches de medio pelo.

—No me refiero a ti, claro, sino a, ya sabes —empezó a decir, pero no terminó la frase. Negó unas cuantas veces con la cabeza y volvió a quedarse en silencio mirando la taza que tenía entre las manos.

Luego salimos del bar y seguimos caminando lentamente hasta que llegamos a la residencia. Una vez allí me pidió que subiera.

—¿Quieres subir, por favor, Yanci?

No había ningún inconveniente para que yo subiera a su cuarto. Me explicó que cualquiera podía entrar a los cuartos de las señoritas norteamericanas si ellas lo deseaban. Nadie podía alegar nada al respecto. De modo que entré con ella y la seguí hasta el ascensor. Cuando estuvimos en el segundo piso, pulsó un interruptor y se encendieron millares de focos en el techo a lo largo de un pasillo interminable con puertas a derecha y a izquierda. Nos adentramos en él. Había una larga alfombra negra sobre la tarima amarilla y todas las puertas estaban numeradas.

Entonces, Leslie se detuvo ante una de las puertas, se dio la vuelta y se quedó mirándome como esperando algo. Tenía un mechón de su pelo pegado a la comisura de los labios y una expresión de cansancio en los ojos. Yo también estaba cansado y no sabía si debía apartar con mi mano aquel mechón de pelo o no.

No tienes por qué decirlo todo,
claro está;
respecto a eso
no debería quedar ya
ninguna duda.

XVII

EL MÁS LARGO DÍA

Hay días llenos de signos, de puertas que se abren y se cierran, de corrientes extrañas que no sabemos de dónde vienen ni a dónde van.

Días en los que tenemos la sensación de que algo va a pasar. Las cosas se comportan de un modo distinto. Los objetos familiares aparecen como matizados por una tonalidad diferente y, de pronto, creemos percibir en ellos aspectos que hasta entonces nos habían pasado inadvertidos. Todo sigue estando donde lo habíamos dejado, claro, circunscribiendo el espacio conocido, pero —sin que logremos entender muy bien por qué— presentimos que es precisamente eso, el hecho de que todo siga así, tan inmutable y a la vez tan expectante, lo que nos inquieta. Como si en el fondo nos sorprendiera que las cosas no cobraran vida, que los zapatos no salieran volando por el cuarto o que los libros no se lanzaran contra el espejo del armario. Días en los que tenemos la sensación de que se nos está queriendo anunciar algo, avisarnos de algo, ponernos en guardia. Porque hasta las personas parecen actuar de otra manera. Se diría que también ellas olfatean algo. No algo terrible, nada forzosamente triste o trágico. Sino, sin más, algo: la posibilidad de que algo suceda. Por regla general, confiamos en la constancia de las cosas, confiamos en el conocimiento que tenemos de ellas y nos consideramos, por tanto, capaces de entender las leyes que gobiernan la parcela de realidad en la que nos movemos y de ordenar nuestras pequeñas decisiones con un cierto margen de seguridad, sin sentirnos totalmente a merced del azar. Pero en estos días, en esos días a los que me estoy refiriendo, es nuestro conocimiento de esas leyes lo que titubea y vacila. Desconfiamos de nuestra propia percepción de las cosas. La realidad, incluso la realidad más inmediata, genera suspicacias. Nuestra propia chaqueta colgada en la puerta sugiere, quizá, algo insólito y turbador. Son días abiertos, días en los que todo puede pasar, porque en ellos no hay lógica ni razón. Una simple palabra, de pronto, puede darnos la solución a un antiguo asunto con el que durante años nos habíamos estado torturando. Un simple gesto, una sonrisa, por ejemplo, o la visión de un paraguas abierto secándose en la bañera o, sin ir más lejos, una cortina blanca iluminada por el sol de la mañana, cualquier cosa puede bastar para cambiar de improviso el ritmo y el sentido de nuestra vida. Y no solamente nuestra vida futura. También —y sobre todo—, la memoria y el color de nuestra vida pasada.

Aquel veintitrés de noviembre fue uno de esos días. Para empezar, fue el día en que Mrs. Berryson cumplía sus primeros setenta y cinco años sobre la faz de la tierra, lo cual ya era, de por sí, motivo suficiente para alterar la más mínima tentativa de racionalidad en un radio de varios kilómetros a la redonda. Pero también fue el día en que cayó la primera gran nevada sobre la docta: toda la ciudad amaneció luminosa y silenciada, como insinuándonos del modo más amable un cambio de planes. Y además fue el día en el que Rose se presentó en la casa. Sin avisar. Rose, la única hija de Mrs. Berryson, una mujer de unos cuarenta y tantos años, de pelo claro, corto, ojos serenos y, en conjunto, aspecto saludable y tranquilo, envuelta en un abrigo de color *beige* y con una bufanda roja por la cabeza.

Y, por lo que a mí respecta, fue también un día agitado. Había soñado con Helena por primera vez, había visto su cara en sueños, su mirada asustada. No es que el sueño resultara nada revelador —se trataba más bien de una serie de imágenes borrosas y ambiguas— pero al despertar me sentí confuso. Descorrí las cortinas y me quedé allí durante un rato, al principio sin pensar en nada, contemplando caer la nieve tras los cristales, con la chaqueta puesta sobre los hombros, dejando que fueran pasando los minutos. Y fue entonces cuando indeliberadamente, no sé por qué, por todo ello, supongo, busqué la cartera, saqué la fotografía y la puse sobre la mesa para observarla con detenimiento. Era una foto tomada en la plaza del Castillo, en Pamplona, durante el verano. Helena iba vestida con una camiseta holgada, una pequeña falda blanca y sandalias. Llevaba el pelo en desorden, sobre la cara, como si hubiera estado saltando, y tenía una sonrisa ancha, despreocupada y feliz que por desgracia ya había perdido cuando yo la conocí. No soy capaz de desentrañar la asociación que se produjo entre la visión de aquella antigua sonrisa y el deseo impulsivo que sentí de mostrársela lo antes posible a Leache, pero acto seguido me asaltó algo así como un poderoso sentimiento de alegría inconsciente: una especie de ligereza emocional que me liberaba de todo temor, así que, sin pensarlo dos veces, introduje la foto entre las páginas del libro que Walkon me había regalado y empecé a pensar en la estrategia que habría de seguir.

El libro sería la trampa. Una fotografía olvidada en el interior de un libro es una trampa infalible. Posee la fuerza de una aparición. Quien la descubre presiente que ese privilegio le estaba reservado solo a él. Se considera a sí mismo como un elegido del azar, el destinatario de un mensaje secreto cuya revelación encubre un misterio aún mayor, una luz oscura. El ser humano siempre se ha dejado seducir por las alegorías y los hallazgos. Yo sabía, pues, que si lograba convencer a Leache para que entrara en mi habitación, acabaría acercándose a la ventana y cogiendo el libro. Para ello ordené la mesa de manera que el libro quedara en una posición convenientemente destacada y aparté todo lo que pudiera distraer su atención. En cuanto Leache tuviera el libro entre sus manos, lo ojearía distraídamente y se encontraría con la foto. Lo que pudiera ocurrir a partir de ese instante, por extraño que resulte, no me preocupaba demasiado.

De repente todo me parecía extraordinariamente sencillo. Leache vería la foto, se sorprendería un poco al principio, pondría cara de no entender nada, y entonces yo me acercaría a él y me situaría a su lado con la mayor naturalidad. Me preguntaría: ¿conoces a esta mujer? Y yo le diría: claro que sí, ¿acaso tú también la conoces? Y él entonces me diría que había estado casado con ella y que, en realidad, todavía lo estaba. Y a continuación yo diría: no es posible. Y él asentiría con la cabeza, tal vez incluso sonriendo, y después de eso los dos nos miraríamos a los ojos, reiríamos todavía con cierto nerviosismo y comenzaríamos a cruzarnos un montón de preguntas queriendo acoplar nuestros recuerdos, fechas, nombres, lugares. Hasta que, al final, cuando ya estuviéramos más calmados, yo podría decirle todo lo que había ocurrido. O no decírselo y callarlo para siempre.

Lo más difícil, en todo caso, parecía el hecho de dar con la excusa adecuada para conducir a Leache hasta la habitación. Aunque, a decir verdad, tampoco esto iba a suponerme demasiado esfuerzo. Mrs. Berryson ofrecía ese día una comida especial para todos los inquilinos de la casa y Leache también había sido invitado. El recorrido, por consiguiente, se reducía a los catorce peldaños de la escalera. Y en último término, ¿por qué iba a negarse a subir una vez más aquellos catorce peldaños, cuando tantas veces los había subido en el pasado?

De modo que, un poco después, ya estamos allí: sentados todos alrededor de la mesa.

—El destino de un hombre no es nada —farfulló Godwine, dirigiéndose a mí, mientras enarbolaba una patata hervida pinchada en el tenedor—. Recuerda esto, joven: puedes sentirte afortunado si alguien te ofrece un vaso y te presta un techo para pasar la noche.

Salvando los eventuales arrebatos del viejo Godwine, el banquete de Mrs. Berryson fue transcurriendo con relativa normalidad.

—El destino de un hombre no es nada —repitió clavándome la mirada—. Hay un lugar marcado, una línea dibujada en el cielo. El viento empuja una puerta y allí está el sendero que no lleva a ninguna parte.

Su perorata tenía un no sé qué de poético que me impedía abordar la situación con un mínimo de sensatez.

—El camino de la salvación y el camino de la perdición son uno y el mismo —insistió.

La verdad es que ya me estaba cansando un poco, el maldito Godwine, con su hermético lenguaje de cabalista loco. Claro que tampoco quería herir su sensibilidad —suponiendo que supiera cómo hacerlo—, de manera que escuchaba todo lo que decía con ojos estupefactos. Por regla general, gusto a los borrachos y a los locos. Será tal vez por mi aspecto pacífico. De hecho, suelo ser bastante receptivo con la desolación ajena. Me quedo atónito y me voy tragando toda esa porquería. No puedo evitarlo. Naturalmente ellos se dan cuenta enseguida. Y aprovechan. Godwine era astuto a ese respecto.

—El destino de un hombre no es nada. El camino no es nada. Menos que la niebla —prosiguió—. Menos que el sonido del viento entre los árboles.

Rose, sentada a mi lado, me lanzaba de vez en cuando miraditas piadosas con su aire angelical de niña acostumbrada a los horrores. Pero Mulligan, en cambio, que, por cierto, se había vestido para la ocasión con un espantoso traje rojo fuerte, se había pintado los labios y se había colgado dos gigantescos pendientes del mismo color, sonreía con solapada maldad desde el otro extremo de la mesa.

—Todo el mundo sabe que el destino del hombre no es nada, Godwine —dijo Mrs. Berryson llenándose la copa de vino y vaciándola de un solo trago—, así que —continuó—, dejemos por un momento que otros se ocupen de esos melancólicos asuntos y pongamos toda nuestra atención en la tarta de manzana.

Dicho eso, Godwine enmudeció como una tumba. Fue realmente asombroso. Una sola palabra de la vieja dama y Godwine cerró el pico. Casi no podía creerlo.

—Y ahora, que alguien vaya a traer la tarta —añadió, acto seguido, Mrs. Berryson con impaciencia.

—Yo iré —dijo Rose de inmediato, poniendo una mano sobre el brazo de Bruno para evitar que se levantara—. Tengo que darle todavía un último retoque.

A pesar de que mediría bastante más de uno setenta y no era lo que se dice una mujer delgada, y a pesar también de que ya tenía una hija de veinte años, y estaba divorciada, y era profesora de Historia de la Ciencia en una universidad belga, y vivía con un escritor holandés doce años más joven que ella, Rose proyectaba una aureola de ingenuidad juvenil en torno a ella que la hacía parecer mucho más joven.

—Nadie diría que tiene una hija de veinte años —dijo Leache cuando salió.

—¿Se da cuenta, Mrs. Berryson, de que cualquier día podría convertirse en bisabuela? —dijo Bruno mirando a las caras de todos los presentes para ver cómo nos tomábamos su comentario.

—No lo creo probable, por el momento —respondió ella—. Según tengo entendido, mi querida nieta ha sido convenientemente instruida para saber cómo evitar esa clase de asuntos desagradables.

Rose volvió con la tarta y todos dirigimos nuestra mirada hacia ella. Había puesto un montón de velas encendidas sobre la tarta y Mulligan se levantó para apagar la luz. Durante un rato estuvimos casi a oscuras, únicamente iluminados por las llamas temblorosas de las velas.

—Demonios, Rose, ¿de dónde has sacado eso? —dijo Mrs. Berryson moviéndose nerviosa en su silla.

—Si te refieres a las velas, las tenía preparadas hace unos días.

—En cualquier caso, no puede quejarse, Mrs. Berryson —dijo Leache—. Yo diría que ahí no hay más de cuarenta velas.

—No me importa cuántas haya —respondió—, no pensaréis que voy a estar soplando toda la tarde solo para apagarlas.

—Por supuesto que sí —dijo Mulligan.

—Solo hay treinta y cuatro —agregó Rose—. No pude conseguir más.

—Si yo tuviera treinta y cuatro años, tal vez lo haría. Pero en mi caso sería una temeridad —alegó—. Rose, sopla tú las velas y acabemos con esto.

—Un momento —dijo Bruno—, ¿hay alguien aquí que tenga treinta y cuatro años?

—Bueno, yo calculo que Leache rondará esa edad —dijo Rose mirándole de lado—. ¿Me equivoco?

—¿Es posible? —dijo Mulligan—. Nunca lo hubiera pensado. ¡Qué barbaridad!

Al final, resultó que fue Leache quien tuvo que apagar las malditas velas y soportar la ovación consiguiente. Luego Mulligan volvió a encender la luz y Rose se encargó de repartir los pedazos y preparar café para todos. La sobremesa todavía se prolongó un buen rato, con las tazas de café sobre la mesa y el típico ambiente relajado de conversaciones cruzadas, comentarios jocosos y todo eso. Pero yo ya no hacía más que pensar en la fotografía y en el instante en que Leache abriera el libro y la viera al fin.

—¡De un momento a otro empezarán a llegar los prosoviéticos! —exclamó entonces Rose inesperadamente, como quien anuncia un cataclismo.

—¡Es cierto, los feroces prosoviéticos! —susurró Mulligan con sarcasmo—. ¡Debemos evitar que nos encuentren desprevenidos!

Eso provocó las risas de todos. Mrs. Berryson, por fortuna, también se lo tomó a broma y sacudió la cabeza sin decir nada, pero Bruno, aprovechando la ocasión, se levantó de inmediato, pidió mil disculpas y dijo que tenía que marcharse.

Godwine se había quedado dormido sobre la silla, pero en ese momento abrió los ojos, echó una ojeada y masculló:

—Será mejor que no haga esperar al capitán Sword —y salió renqueando escaleras arriba sin dar más explicaciones.

El capitán Sword, dicho sea de paso, era un cuervo que Godwine tenía enjaulado y con el que mantenía largas discusiones teológicas de las que no siempre salía triunfante.

—Vamos, no os quedéis ahí —dijo la vieja a continuación, levantándose y cogiendo su plato con los restos—. Limpiemos todo esto antes de que lleguen.

Cuando sonó el primer timbrazo, la mesa estaba recogida y Leache y yo nos habíamos quedado ayudando a Rose a ordenar la cocina. Mulligan había desaparecido y Mrs. Berryson se dirigía hacia la puerta para recibir a sus correligionarios. Fue entonces cuando me acerqué a Leache y le dije en tono de confianza:

—Tengo que subir al cuarto, será solo un momento, hay algunas cosas que me gustaría dejar ordenadas.

—Está bien —dijo—. Rose y yo terminaremos con esto.

—Oye —le dije—, ¿por qué no subes cuando acabes? Luego podríamos salir y tomar algo por ahí.

—De acuerdo —dijo con una sonrisa—. Espérame arriba, iré enseguida.

Como veis, fue sencillo. Le dejé con Rose, secando algunas tazas y vasos, y en las escaleras me crucé con Mulligan, que se había cambiado de ropa, se había quitado los pendientes rojos y salía de estampida.

—Hasta luego, Yanci. Tengo una prisa horrible —dijo.

—¡Cuidado con los prosoviéticos! —dije yo con un susurro—. ¡Los primeros ya han llegado!

—¡Lo sé! —dijo—. ¡Sabré despistarlos!

Al cabo de unos minutos, cuando Leache entró en mi cuarto, yo estaba en cuclillas ordenando pilas de libros y carpetas en el cajón inferior del armario.

—¿Ya han llegado todos? —le pregunté sin mostrar excesivo interés.

—Creo que sí —respondió—. ¿Qué estás haciendo?

—Nada —dije—. Ordenar un poco esto. Me queda poco tiempo aquí, ya sabes.

—¿Cuándo te marchas? —dijo situándose a mi espalda.

Yo me volví para mirarle, pero él se giró de cintura, echó un vistazo a toda la habitación y, como obedeciendo a un resorte automático, se acercó a la ventana y tomó distraídamente el libro.

—Todavía no lo sé —dije—, pero en todo caso, antes de un mes. Quiero pasar las navidades en casa.

—Claro —dijo.

Ahora miraba el paisaje nevado por la ventana, sosteniendo el libro entre las manos, casi sin darse cuenta. El cielo se había despejado y un tenue sol de invierno asomaba sobre el horizonte, poniendo algunos rayos dorados en el cuarto y aquietando las cosas. Entonces bajó los ojos y se fijó en él. Todo fue muy rápido. Primero observó las tapas, con cierta curiosidad, luego lo abrió, hojeó las páginas, dio con la foto, la miró sin decir palabra durante unos segundos y volvió a cerrarlo de inmediato. Con cuidado. No como el que trata de aplastar una araña sino, más bien, como el que quiere disecar una edelweiss.

Yo esperaba que dijera algo, obviamente, pero, obviamente, no lo hizo. Había cogido el libro, había visto el retrato y se había limitado a dejarlo en su sitio sin decir nada. ¿Quién podía imaginar que reaccionaría así? Un exceso de sutileza, cuando

143

no pasa desapercibido, puede resultar brutal, es cierto. Eso es lo que yo más había temido. Ver que Leache se sentía herido de pronto, ver que se derrumbaba ante mí o algo por el estilo. Pero ni siquiera mostró la más mínima fisura. Nada. Una leve sonrisa, lo mismo que un gesto de dolor: cualquier cosa hubiera bastado. Cualquier cosa hubiera servido para comunicarnos. Pero no aquella impavidez, no aquel silencio.

—Estoy preocupado por Anthony —dijo en cambio, apoyándose en la repisa de la ventana y mirando de nuevo a la lejanía.

—¿Le ocurre algo? —dije yo cerrando por fin el cajón y sentándome en la cama, cerca de él.

—Puede que esté deprimido —dijo.

Y a raíz de eso me contó una historia delirante. Me dijo que St. Anthony estaba atravesando una crisis. Que hablaba poco. Que había dejado de comer. Que se pasaba las noches leyendo la Biblia. Relató un montón de penalidades y desdichas a las que probablemente no fui capaz de prestar la atención que seguramente merecían.

Cuando, poco tiempo después, descendimos juntos al salón, nos encontramos con la tertulia de Mrs. Berryson al completo. Un conciliábulo de extemporáneos alucinados reunidos alrededor de una mesa repleta de tazas y de vasos que, si bien no nos prestaron demasiada atención, sí propiciaron, por lo menos, que yo fuera olvidando paulatinamente la sensación de malestar que me había causado la escena del cuarto.

—Acercaos, muchachos —dijo Mrs. Berryson en cuanto nos vio.

Estaba muy feliz, fumando un purito largo y delgado que manejaba con soltura, como si fuera un pincel. Ladeaba la boca a la izquierda y lanzaba el humo hacia el techo con ademanes sofisticados.

—Coged una silla y sentaos con nosotros —agregó—. Tenéis que probar esta condenada infusión de verbena.

Leache y yo nos miramos a los ojos con un ademán de tácito entendimiento y obedecimos a Mrs. Berryson con una sonrisa. Rose nos trajo unas tazas y, situándose a nuestro lado, fuera del círculo de los viejos, trató a duras penas de repartir lo poco que quedaba en la tetera.

—La planta sagrada de los celtas —dijo de improviso uno de ellos. Un anciano con pinta de Walt Whitman, barba y melena blancas, atuendo de safari y perpetua sonrisa que, despatarrado en el sofá, echaba a volar sus gruesas cejas y aspiraba con fruición el humo de un habano de al menos veinte centímetros. El típico inglés explorador de antaño.

—En la antigüedad utilizaban la verbena para preparar filtros de amor —puntualizó el explorador con sarcasmo—. ¿Sabían eso?

Por lo visto, todos sabían eso y mucho más, y lo demostraron con creces, cantando a coro las excelencias de aquella planta maravillosa.

—Muy eficaz para combatir los estados febriles.

—Además de diurética y estimulante.

—Lo mejor contra el insomnio y la migraña.

—¡Muy relajante!

—¡Muy astringente!

—Ahora va a resultar que no hay nada mejor que la verbena —dijo Rose en voz baja para que solo nosotros la oyéramos.

—En ese caso no queda otro remedio que arriesgarse a probarla —dijo Leache llevándose la taza a los labios.

Lo más curioso de todo era que, pese a la extensa lista de elogios que habían dedicado a la verbena, los únicos que ingeríamos allí la dichosa infusión éramos Leache y yo. Los vejestorios preferían, por decirlo así, bebidas menos benévolas. *Whisky* y coñac, sobre todo.

En una primera ojeada, me llamó especialmente la atención la actitud arrogante de la dama que estaba sentada junto a Christopher Ladner, el explorador. Había algo exagerado en ella. Tal vez las joyas o el exceso de maquillaje, no sabría decirlo. Debía de haber sido muy hermosa en el pasado, pensé, y conservaba incluso cierto aire de mundo y una pose digna. Pero no participaba en la conversación de los otros. Solo escuchaba, hieráticamente. Giraba la cabeza a uno y otro lado y bebía de una copa enorme, a sorbos cortos pero continuos.

—Es Elsa Andrade —nos informó Rose—. La viuda del general republicano Gustavo Andrade.

Leache asintió con la cabeza, haciendo ver que ya la conocía.

—Conoció a Ernest Hemingway en La Habana y tuvo sus buenos años gloriosos —dijo con admiración.

Leache hablaba como si hubiera olvidado por completo el incidente que acababa de tener lugar en mi habitación, y me pareció inaudito. No pude evitar sentir una punzada de suspicacia. Y, a la vez, una cierta desconfianza por la habilidad que demostraba sobreponiéndose a la situación, pero acto seguido yo mismo traté de imitar su presencia de ánimo y preferí dejar que las cosas siguieran evolucionando por sí solas.

Tanto él como Rose se inclinaban ahora hacia mí para ir presentándome a dos voces al resto de los contertulios.

Y la verdad es que merecía la pena escucharlos. Se trataba de personajes de otra época, tipos en proceso de extinción: cada uno de ellos era un ejemplar único, con su particular manera de posar para la historia y su muy peculiar forma de orgullo. Puesto que sus mundos se habían desvanecido, tenían que vivir entre la niebla. De ahí que sus perfiles resultaran equívocos y sus voces opacas y teatrales.

—Fíjate en el primero de la derecha, el de la pajarita de cuadros —continuó Rose—. Es Edmund Firbank. Un enamorado del Mediterráneo y de España.

—Y de todas las civilizaciones e imperios arrumbados —alegó Leache.

—Así es. Fue arqueólogo de joven y estuvo varias veces en Egipto con sir Geoffrey Dennistoun. En cierta ocasión, durante unas excavaciones en Mesopotamia, halló un cráneo lo suficientemente interesante como para que a su regreso le ofrecieran la dirección del museo arqueológico. Pero no aceptó. Por aquella época pensaba que dirigir un museo era lo mismo que formar parte de él, y eso, por lo visto, no le resultó lo suficientemente encantador.

A su lado estaba su esposa Marthe, una mujer de unos sesenta y tantos años —acaso la más joven de la reunión, exceptuándonos a nosotros—, de ojos muy claros y extraordinariamente móviles, cháchara enfática y ademanes de nínfula prepúber.

—Es pintora, una especialista en paisajes después de la batalla —aclaró Rose—. Tiene un cuadro grande colgado en la Tate: un maravilloso páramo desolado.

—Pero es encantadora —opinó Leache.

—Sí, muy vitalista a pesar de todo. Claro que no entiendo cómo lo consigue. La casa en que viven, una construcción

147

victoriana en las afueras, es una mezcla de óleos desolados y toda clase de objetos primitivos, fetiches y huesos que Edmund ha ido almacenando a lo largo y ancho de los años.

—Una sola noche en esa casa debe de ser toda una experiencia mística —dijo Leache.

Luego estaban Clive y Vira Albright.

—Vira es rusa, en realidad; hija del ministro de la guerra del gobierno de Kerenski. Se niega a abandonar su acento ruso y su *look* aristocrático pese a llevar viviendo aquí más de cincuenta años y estar casada con un marxista empedernido.

—Es increíble.

—He oído que hizo el viaje del exilio en el mismo tren que la familia de Nabokov —insinuó Leache.

—Es difícil decirlo —respondió Rose con un gesto de incredulidad—. Respecto a Clive —prosiguió—, bueno, es un romántico de los de antes. Conoció a Vira en París, una rusa blanca de altos pómulos, decía él, y se enamoró perdidamente de ella. Eso le trajo problemas con sus compañeros, claro. Pero parece ser que los asuntos del corazón se les perdonan fácilmente a los poetas.

—¿Es poeta? —pregunté.

—Lo es. Un excelente poeta —afirmó con convencimiento—, aunque sigue negándose a leer una sola línea de Ezra Pound. Hace un par de años le concedieron el Barfield, una distinción importante, pero él siempre bromea con eso. Dice que hubiera preferido el Prometheus, un galardón de estímulo para autores noveles. Nadie dura mucho después del Barfield —sonrió, negando con la cabeza—. Dice que el Barfield representa una condena a muerte a corto plazo.

Rose hablaba de ellos como cualquiera lo haría de Sherlock Holmes, Robinson Crusoe o el capitán Silver. Seres ficticios, personajes de novela. Yo la escuchaba hipnotizado.

—¿Y el de la pipa? —dije refiriéndome a un tipo de rictus conspicuo y levita oscura y abotonada que fumaba sin parar haciendo todo tipo de muecas con la boca.

—MacLead. Henry MacLead, doctor en Filosofía. O filósofo fracasado, como suele matizar él mismo al no haber logrado superar su pesimismo en lo que al destino de la especie se refiere. Fue discípulo de Russell en su juventud, pero más tarde renegó de él porque sonreía demasiado y se abismó en la Filosofía de la Historia —dijo Rose, sin dejar de sonreír ni un segundo.

—Y por fin Christopher —dijo Leache.

—Sí, Christopher Ladner. A pesar de su aspecto aventurero no ha abandonado su confortable biblioteca desde que regresó de las brigadas.

—Es un personaje curioso.

—Reconoce que aún quedan tierras vírgenes, selvas fabulosas y ríos por descubrir —continuó Rose—, y asegura que él sigue estando en forma y dispuesto a emprender nuevas expediciones, naturalmente. Aunque, eso sí, siempre que no sea estrictamente necesario alejarse de su vieja poltrona. El vehículo ideal, según él.

—Quizá tenga razón —dijo Leache.

Allí seguían todos ellos. Pasando revista a su pequeño mundo desaparecido. Reinventándolo sin querer traicionarse demasiado. Imaginando qué habría sido si hubiera sido lo que no pudo ser. Tratando de resistir y de olvidar, ayudándose entre ellos a resistir y olvidar. Los recuerdo como se recuerdan las ilustraciones de un libro. Confortablemente instalados en aquel salón de luz crepuscular, en torno a aquella mesa baja llena de copas y de tazas. Si algo se aprende con el paso de los años es a adoptar la postura adecuada para permanecer sentados el tiempo que tardamos en evocar nuestra vida, pensé.

Cuando salimos, ya había oscurecido. Hacía frío. La nieve se apelmazaba en la calzada y sobre los tejados de las casas, y la luz de las farolas ponía en el aire un resplandor artificial.

Con una expresión ensimismada, pero serena y afable a la vez, Leache se anudó al cuello su bufanda, metió las manos en los bolsillos de su abrigo y aludiendo con un gesto a mi paraguas, dijo:

—No te separes de él ni un instante.

Yo eché una escueta ojeada al paraguas y golpeé en el suelo de la acera un par de veces con su punta metálica.

—Me hace un doble servicio —dije con fingida seriedad—: cuando no me protege de las amenazas del cielo, me ayuda a sentir la tierra bajo mis pies.

Leache sonrió y asintió con naturalidad.

—No está mal —dijo.

Ignoro la clase de pensamientos que ocupaban su cabeza en aquel momento, aunque, desde luego, su actitud no delataba impaciencia alguna. Me hubiera gustado tener la seguridad de que no albergaba ninguna suspicacia hacia mí, pero supongo que algo me impedía librarme por completo de esa duda. Dadas las circunstancias, lo más fácil era pensar que, al ver la foto, Leache hubiera deducido que yo la había puesto allí intencionadamente. Y de ser así, todo lo demás cobraba sentido: que hubiera guardado silencio al principio y que hubiera optado por reprimir sus emociones y recapacitar detenidamente acerca de ello, antes de decirme nada. Claro que, en último término, tampoco él podría tener certeza alguna, claro, pues todo —intenciones, silencios y sospechas— se enmascaraba tras la apariencia de algo totalmente fortuito.

Poco a poco nos fuimos adentrando en el ajetreo de la ciudad. A esa hora las calles estaban concurridas y animadas, pero todo el mundo parecía saber muy bien a dónde se dirigía. La gente se movía con urgencia, como si tuvieran prisa por llegar a un sitio o les aguardara algo inaplazable. Nosotros éramos los únicos que parecíamos vagar sin rumbo, dando vueltas siempre a los mismos lugares, con la mirada ociosa del que no tiene ninguna necesidad de apresurarse.

Leache hablaba de cosas que sucedían o eran evidentes, pero yo, en rigor, no escuchaba las cosas que decía. Y cuando era yo el que hablaba, con palabras que pretendían ordenar o clarificar determinado asunto, él tampoco atendía, a fin de cuentas, a mis palabras. Y, sin embargo, y de alguna manera, ambos permanecíamos extremadamente pendientes el uno del otro, y manteníamos viva la conversación como una llama encendida entre nosotros, y tratábamos de sacar nuestras propias conclusiones intentando que eso afectara lo menos posible a nuestros ojos, que, si no estoy equivocado, viraban repetidamente hacia el pasado y en ocasiones se cruzaban.

Más tarde, fuimos a buscar a Walkon a su librería y nos quedamos allí, bebiendo *whisky* en vasos de plástico y charlando en aquella trastienda abigarrada, cerca de un par de horas después de que hubiera cerrado. Fue entonces cuando dijo que quería proponernos algo.

—¿Proponernos algo? —dije.

—¿Algún sucio negocio? —dijo Leache con una maliciosa sonrisa que alteraba totalmente la expresión de su cara.

—No, nada de eso. Se trata de un viaje a la «gran metrópoli» —dijo Walkon de un tirón—. Un viaje rápido, de ida y vuelta en el día, el sábado que viene.

Luego nos explicó por encima el motivo del viaje: dijo textualmente que tenía el deber —aunque ahora mismo me resulta imposible imaginar ese obsceno vocablo saliendo de sus labios— de estrechar la mano de alguien.

—Un viejo compañero —precisó—. Será solo un momento.

Leache aceptó de inmediato. Dijo que le vendría bien salir de la docta aunque solo fuera por un día, y que hacía bastante tiempo que estaba deseando encontrar una excusa para darse una vuelta por Londres.

—¿Qué dices tú, Yanci? —quiso saber Walkon.

Leache bebió un trago de su vaso y me animó para que aceptara.

—De acuerdo —dije.

—Bien, hecho —dijo Walkon, y alargó un brazo para entrechocar su vaso con el mío—. El sábado, en el tren de las nueve, no lo olvidéis.

A última hora de la tarde, recalamos los tres en el Scafold después de dar un largo rodeo. Leache quería irse a casa, pero Walkon insistió para que se quedara unos minutos.

—Está bien, pero solo unos minutos —dijo Leache señalando al reloj que colgaba en la pared.

Walkon me miró y sonrió mientras se frotaba las manos para entrar en calor. Luego dejamos los abrigos en el perchero, nos sentamos en una de las mesas y pedimos algo de comer y unas cervezas. Leache fue a telefonear al apartamento y habló con St. Anthony. Parecía más tranquilo cuando regresó.

—Creo que se encuentra mejor —dijo alzando las cejas y tirando la bufanda sobre una silla desocupada—. Le he dicho que no me espere, que llegaré un poco tarde.

—¿Ocurre algo? —preguntó Walkon.

—No es nada —respondió Leache bebiendo de su vaso—. Se trata de Anthony Duggan; creo que está pasando una mala época, eso es todo.

Al final, Walkon pidió café para todos y, como queriendo demorar al máximo el momento de enfrentarnos de nuevo al frío exterior, permanecimos apoltronados allí hasta que el bar se desalojó por completo. Y sin previo aviso, uno de los camareros, el que estaba situado tras la barra, redujo al mínimo la iluminación del local y el otro, de inmediato, como acatando una orden, empezó a colocar las sillas sobre las mesas para barrer el suelo.

—Es hora de marcharse —dijo Leache aplastando un cigarrillo.

—Hora de marcharse —repitió Walkon con un suspiro resignado mientras se incorporaba.

Cuando salimos estaba nevando. Serían alrededor de las diez. Yo creía que habíamos sido los últimos clientes en abandonar el Scafold aquella noche, pero, al doblar la esquina, nos paramos junto a una de las ventanas y vimos que el escritor seguía allí, dormido sobre su mesa con la cabeza apoyada entre los brazos. Estábamos mirándole los tres, cuando en ese mismo instante, como si lo hubiera notado, levantó la cabeza, giró el cuello y nos vio. Y acto seguido esbozó una enigmática sonrisa, cogió el frasco de *whisky* y lo hizo entrechocar contra el cristal antes de beber. Seguidamente pronunció unas cuantas palabras, pero no pudimos entender lo que dijo.

—¿Habéis visto eso? —pregunté—. ¿Desde cuándo estaba ahí?

—Yo diría que no se ha movido de ahí en toda la tarde —dijo Leache.

—En realidad, siempre está ahí —añadió Walkon—. Al menos, desde que yo lo conozco. En cierto modo, forma parte de la decoración. El Scafold no sería lo mismo sin él.

—¿Os habéis fijado en esa montaña de papeles desechados y estrujados que había en su mesa? —dijo Leache.

—Ensayos fallidos, supongo —dije.

—Principios de poemas malogrados —terció Walkon—. Son como las estrellas de su pequeño universo. Nunca tacha una frase, nunca se detiene a corregir nada. Cada vez que le disgusta lo que acaba de escribir, se enfada y estruja la hoja con ademanes dramáticos.

—Y añade una nueva estrella a su universo —dijo Leache.

—Cualquier día cobran vida y empiezan a orbitar en torno a él.

Bromeando acerca de ese asunto nos fuimos alejando lentamente, demorándonos por pasajes secundarios, sin rumbo definido, como si tratáramos de convencernos, unos a otros y cada cual a sí mismo, de que no teníamos prisa por llegar a ningún lado. Y de que estábamos dispuestos a continuar caminando hasta el amanecer si hiciera falta. A partir de una edad no es fácil experimentar ya esa sensación. Se necesita un cierto abandono juvenil, una cierta inconsciencia y, sobre todo, sentirse vulnerable y osado a la vez. De ahí que, cuantas veces he evocado con posterioridad aquel deambular nocturno por los laberintos de la docta, lo haya considerado siempre como el momento que mejor y más claramente ilustra lo que en el fondo acabó siendo mi estancia allí: un irresuelto paseo entre sombras, un levitar furtivo, una fatigosa dificultad para nombrar y entender a fondo las cosas y la repentina y brutal, y quizá también liberadora aceptación de todo eso como la verdadera naturaleza de la vida.

Cada vez había menos transeúntes en las calles. De vez en cuando, nos cruzábamos con algún solitario que nos miraba con suspicacia embozado en su gabán o escuchábamos el chapoteo de las ruedas de un automóvil sobre la nieve deshecha. Pero nada más. Solo las ventanas iluminadas de algunas casas y el sombrío perfil de las torres y almenas de la docta, tras la hipnótica y renuente espesura de los copos de nieve.

Al entrar en uno de los puentes divisamos a una mujer sola que venía a nuestro encuentro, por la acera, desde la otra orilla del río. En un principio fue solo una visión borrosa que avanzaba entre la nieve con un movimiento levemente ondulante, pero a medida que nos acercábamos íbamos distinguiendo el color azul de su abrigo, el ruido de sus pasos y su pelo suelto, rubio y mojado cayendo en desorden sobre sus hombros.

Antes de llegar a nuestra altura, nos hizo una seña con la mano y se detuvo como para decirnos algo. Era una mujer de mediana edad, de grandes ojos grises, sonrientes, y labios finos, sin pintar. Yo me quedé un instante contemplando el brillo de su rostro bajo la escasa luminosidad de una farola.

Dijo que estaba perdida y nos preguntó por una dirección que llevaba anotada en un pequeño trozo de papel arrugado que entregó a Leache. Pero no parecía preocupada por su situación.

—¡Hace una noche tan hermosa! —exclamó.

Y luego, sin interrupción, ladeando el cuello y pasándose una mano por la nuca, añadió:

—Es un verdadero placer sentirse perdida en una noche tan hermosa como esta, ¿no creen?

—No estoy tan seguro —dijo entonces Walkon mirando al cielo.

Leache, con el papel en la mano, trató de indicarle el recorrido que tendría que hacer, pero parecía bastante complicado. Walkon le pidió el papel y lo leyó con un golpe de vista.

—No se preocupe —dijo—, yo le acompañaré: me coge de camino.

No obstante, ella, sin prestarle mucha atención, metió la mano en el bolso que le colgaba al costado, sacó de su interior una gran bolsa llena de bombones y extendiéndola hacia nosotros nos invitó a coger uno. Permanecimos unos minutos allí, con aquella mujer desconocida que se había perdido en la noche, mordisqueando bombones, en silencio, mientras las luces de la ciudad se reflejaban en las aguas del río y los copos de nieve iban cuajando sobre nuestras ropas.

Luego, Walkon y ella se alejaron y nosotros reanudamos nuestra marcha. Hacía frío. Leache seguía sonriendo cuando se echó de un golpe la bufanda sobre la boca.

—No parecía perdida —dije.

—Eso nunca se sabe —dijo él.

Finalmente, llegamos a su calle, nos despedimos rápidamente y empecé a caminar con decisión. Sin embargo, después de unos pocos pasos, volví la cabeza y me quedé esperando a que entrara en la casa y encendiera la luz. No sé por qué. El cielo estaba opaco, sin estrellas. La nieve empezaba a amontonarse sobre mi paraguas y tuve que sacudirlo un poco antes de seguir.

*Nunca falta
una buena razón
para permanecer
callado.*

XVIII

LA MÚSICA ENCERRADA

El sábado me levanté temprano, desayuné algo frío en la cocina, medio a oscuras, un trozo de pastel y una taza de té del día anterior o algo así, y salí a la calle —sin mi paraguas amarillo esta vez— en el mismo instante en que empezaba a amanecer. Recuerdo bien aquella mañana. La nieve seguía sin deshelarse y un pálido sol de invierno, pálido y distante como en los días de más intenso frío, asomaba entre la bruma rosada que envolvía las torres y ponía ligeros ribetes dorados en los pináculos, augurando un día gélido y claro. Las calles empezaban a poblarse con los primeros transeúntes y los ruidos conocidos. Los comercios abrían sus puertas y todo se preparaba de nuevo para la función cotidiana.

Yo caminaba con rapidez, eligiendo el trayecto más corto, pero, a la vez, con una ensoñadora nostalgia de todas las soleadas mañanas de sábado de mi vida: algo que, en cualquier caso, venía de muy lejos y caía muy hondo, sin apenas detenerse en la conciencia. Unos cincuenta metros antes de llegar a la estación, distinguí a Leache, parado ante la puerta, con las manos en los bolsillos de su abrigo, las solapas levantadas y un periódico doblado bajo el brazo, en actitud de espera. A medida que me acercaba, hubo un momento en el que nos quedamos mirándonos a los ojos, pero no duró, y al instante siguiente, cuando ya estaba a punto de subir los cuatro o cinco peldaños que me separaban de él, frunció las cejas y se quedó mirando fijamente por encima de mi cabeza, como si acabara de vislumbrar algo a lo lejos.

—Hola, Yanci —dijo—. Ahí viene Walkon.

—Hola —respondí volviéndome.

Y sí. Walkon se acercaba a nosotros, ligeramente encorvado, pero a la vez protocolario y desafiante, con brillantes zapatos negros, paraguas negro, larga gabardina negra, corbata negra y gafas oscuras, además, por supuesto, de su ya altiva y atávica oscuridad natural, perfectamente delimitado en la neblina y sobre el fondo nevado del aparcamiento. El denigrador fotófobo con su traje funerario, pensé: todo ceremonia frente a un helado universo.

Leache hizo un amago de sonrisa que traté de emular y cuando Walkon estuvo a nuestro lado, dijo:

—Bonita mañana, Walkon. ¡Buenos días!

—¡Buenos días! —respondió Walkon—. ¿Ya tienen los billetes?

Leache sacó los billetes, mostrándolos sin decir nada, y acto seguido nos dirigimos a la zona de las vías. Todavía no había mucha gente en la estación a esa hora. En un extremo del andén, envuelto en una nube de vapor que emergía de la locomotora, había un grupo de hombres con indumentaria de trabajo que giraron la cabeza hacia nosotros, como si todos se hubieran percatado a la vez de nuestra presencia. Luego hablaron algo entre ellos, rieron con desgana y se esfumaron tras una nueva bocanada de la máquina.

Nosotros subimos sin prisa a un viejo vagón vacío y nos acomodamos allí. Hacía un calor agobiante a causa de la calefacción, pero no nos desprendimos de los abrigos al principio. Durante un tiempo, Walkon se mantuvo callado en su asiento, con las gafas puestas, como si estuviera pensando en algo muy importante.

—No suelo ser muy locuaz a estas horas —eso fue todo lo que dijo.

Leache, entre tanto, se encendió un cigarrillo y cruzando las piernas se echó hacia atrás para leer el periódico con comodidad. Por alguna razón, aquella pausa de quietud se me hizo especialmente memorable: la nieve y la niebla al otro lado de la ventanilla, el humo azul y el silencio del compartimento, y el sol un poco por todas partes. El frío exterior, la escarcha en las ramas de los árboles y una sensación cada vez más sofocante bajo las ropas. Entonces pensé de nuevo en Leache. En el momento en que descubrió la foto, en el impacto emocional que tuvo que causarle y en la cantidad de recuerdos y recelos que, a la fuerza, eso le habría despertado. Me preguntaba si tendría intención de hablarme alguna vez de Helena o si, por el contrario, iba a dejar que yo me fuera de la docta sin hacerlo. Esto último parecía, de momento, lo más probable, pero por alguna suerte de presentimiento yo me negaba a creerlo.

De pronto, se oyó un silbido amortiguado, sentimos un golpe seco y el tren emprendió la marcha pesadamente. Cruzamos bosques y ríos, verdes praderas y aldeas solitarias. Walkon y yo, frente a frente, junto a la ventanilla, Leache a mi derecha, detrás de su periódico. Nadie se sentó a nuestro lado. Había otras personas, es cierto, pero las oíamos por detrás de nosotros sin llegar a verlas. Cuando Leache se cansó de leer, dobló el periódico, lo tiró sobre el asiento y rompió el silencio interesándose por el individuo al que íbamos a conocer.

—¡Bower! —dijo Walkon enfático—. ¡Julian Bower!
Y a continuación, como si acabara de salir de su letargo,
nos largó su biografía de un plumazo.

Para empezar, Julian Bower no se llamaba en realidad
Julian Bower. Era hijo de un francés bigardo y de una co-
rista americana, se había criado en ambientes portuarios
y sórdidas tabernas a lo largo y ancho del Caribe y, por
si eso fuera poco, dominaba al menos tres idiomas y sabía navegar en aguas turbulentas. Walkon lo conoció en la
Martinica, dijo. En una mala época, según dijo.

—Una racha de mala suerte para ambos —fueron sus
palabras.

Antes de eso, el tal Bower había estado preso en un pe-
nal de Puerto Rico, del que había escapado chantajeando
a uno de los guardianes. Debió de ser entonces cuando fal-
sificó un visado y cambió de nombre, erró por las islas, se
encaprichó de una menor adolescente llamada Penélope,
se casó con ella, tuvo dos hijos, murieron sus hijos, murió también Penélope, hizo algunos negocios jugándose el
pellejo y tropezó con Walkon —que tampoco se llamaba
Walkon— una noche de cielo muy estrellado, alrededor de
una fogata que alguien había encendido en alguna de las
playas.

—Estuvimos bebiendo de la misma botella hasta el amanecer. Luego dormimos al sol sobre la arena y al despertar
nos fuimos juntos y recorrimos medio mundo.

Walkon exponía su odisea sin la más mínima concesión a
la emotividad, pero eludiendo, al mismo tiempo, los detalles
escabrosos o poco claros. El sol de la mañana le daba en
la cara. De vez en cuando interrumpía el relato, ladeaba la
cabeza y contemplaba el paisaje por la ventanilla como si

rastreara una señal para continuar. Las nubes pasaban a toda velocidad reflejadas en los cristales de sus gafas.

Por último, nos confesó que Bower y él se vieron obligados a separarse y huir por distintos caminos a causa de un delicado asunto que acabó complicándose más de lo normal. Yo no sabía cómo tomarme aquello, claro. Por lo que pude intuir, observando la actitud distanciada de Leache, que ocasionalmente tensaba las comisuras de los labios o asentía con condescendencia, este no se creía una sola palabra de lo que Walkon nos estaba contando.

La verdad es que, por una parte, la historia se asemejaba demasiado al argumento de una película de los años cuarenta o cincuenta. Todas esas correrías por las costas, su trapicheo de filibusteros: sonaba a fantasía. Pero, por otro lado, el conjunto cuadraba bastante bien. No se contradecía. Además, hay que admitir que Walkon no ponía ningún interés en asegurarse de que nos tragábamos sus cuentos. Parecía hablar exclusivamente para sí, como si trasvasara información de un hemisferio a otro de su cerebro y estuviera más preocupado por enriquecer determinados aspectos de una epopeya imaginaria que por el hecho de que nosotros le escucháramos o no.

En torno a las once de la mañana, empezamos a ver los barrios periféricos de la gran metrópoli. El tren aminoró la marcha y seguimos así, durante algunos kilómetros, hasta que desembocamos finalmente en la estación de San Pancracio. Una vez allí, lo primero que hicimos fue entrar a tomar un café en una de esas cafeterías que proliferan en torno a los mercadillos de Camden. Era un sitio asfixiante, y solo permanecimos allí el tiempo justo para trasegar a duras penas el sucio bebedizo que nos sirvieron. El resto de la mañana lo dedicamos a vagar por las calles entre la turbamulta de gentes diversas que fluctuaban vertiginosamente de un lado a otro. En ese apresurado ir y venir de la multitud hay algo confuso y fanático a la vez. Algo, no obstante, terriblemente amenazador. En especial, para el transeúnte ocioso que, careciendo de un rumbo fijo y sin la urgencia de llegar a ninguna parte, busca el placer de demorarse y vislumbrarlo todo con avidez. Como si toda esa maquinaria oscilante y anónima se rigiera por un mecanismo secreto y albergara en todo momento la eventualidad más improbable. En cualquier caso, nos resultó imposible librarnos de esa molesta sensación de estar perdidos en el centro mismo de la civilización, y anduvimos durante todo el tiempo a la deriva, un tanto vacilantes, dejándonos arrastrar, a veces, por la heterogénea muchedumbre y colándonos ocasionalmente por calles secundarias o deslizándonos en algún que otro establecimiento de aspecto atrayente como quien se aferra a una tabla de salvamento en mitad de un remolino.

Después de comprar algunas cosas —libros, sobre todo—, Walkon se empeñó en que entráramos a comer en lo que él denominó *un tugurio pintoresco*. Se trataba, en realidad, de un restaurante de inspiración española, regentado por un grupo de norteafricanos, y decorado, con ostensible mal gusto, a base de apilar viejas tinajas, abanicos descoloridos, carteles taurinos y esa clase de símbolos caducos y polvorientos que, aún hoy, continúan torturando nuestro vapuleado inconsciente colectivo. Estuvimos bien, de todos modos. La comida era decente, no había ningún tipo de música ambiental, por fortuna, y la chica que nos sirvió sabía hacerlo con agilidad y simpatía.

En un momento dado, después del postre, Walkon se levantó para ir a los lavabos, y Leache y yo sentimos de repente el embarazoso vacío que su ausencia creaba entre nosotros. Estuvimos unos segundos así, estudiándonos sin mirarnos, hasta que Leache cruzó los brazos sobre la mesa, adelantó los hombros y mirándome de lado, con los ojos ligeramente entornados, dijo:

—Vi la fotografía.

Yo tardé en responder. Había escuchado perfectamente sus palabras, pero quería saber qué tono debía adoptar. Él se mantuvo a la expectativa sin cambiar de expresión.

—Te refieres a la foto de Helena —dije.

—Sí —dijo asintiendo con la cabeza—, la que estaba en aquel libro.

—Suponía que la habías visto —dije.

—Sí, la vi —repitió con serenidad—, naturalmente que la vi. Y me costó creerlo, no podía entender lo que pasaba, qué estaba haciendo allí, qué significaba todo eso. Luego, claro está, he reflexionado mucho sobre ello.

Se quedó pensando un momento, con una mano puesta sobre la boca, y seguidamente dijo:

—¿La conoces desde hace mucho tiempo?

—Hace poco más de un año —dije—. Vivimos juntos unos meses.

Leache aguardó unos instantes antes de continuar. Cogió el paquete de cigarrillos, extrajo uno y lo encendió sin prisa.

—¿Por qué no me dijiste nada? —dijo al fin, agravando de improviso el gesto de su cara.

—No lo sé —dije—. No había ninguna razón. No estaba seguro de si debía hacerlo, eso es todo. Por eso puse la foto en el libro, supongo.

—Quieres decir —dijo con rapidez— que pusiste la foto en el libro para que yo la encontrara, ¿no es eso?

—Bueno, no exactamente —dije—. Creo que pensaba que, de ese modo, no te obligaba a nada.

Leache puso cara de no comprender.

—Quiero decir que tú podías ver la foto sin que yo me enterara y a continuación decidir si te apetecía hablar de ello o no —dije.

Mis últimas palabras no habían sonado, al parecer, lo suficientemente convincentes, pero Leache no quiso presionarme.

—Ya entiendo —dijo llenándose de nuevo la boca de humo y deteniéndose a pensar, una vez más, con los ojos perdidos.

—Cuando vi que preferías no hacer ninguna referencia a la foto decidí dejar las cosas como estaban y asunto concluido.

—Sí, asunto concluido —dijo.

Luego se volvió para ver si Walkon se acercaba y, al comprobar que no era así, me preguntó alzando las cejas y ensayando una sonrisa forzada:

—¿Cómo está? ¿Está bien?

—No lo sé. Espero que sí —dije.

Lo dije sin la menor vacilación. Sabía lo que hacía, o creía saberlo, al menos. En vista del cariz que había tomado la conversación pensé que lo mejor sería parar ahí. Tal vez en el futuro me arrepintiera de no haber llegado hasta el fondo de la cuestión. Pero eso no me preocupaba ya. Después he vuelto a pensar mucho en aquello, pero algo me dice que no hice mal.

Leache se quedó asintiendo con la cabeza, sin decir nada. Mirando la taza vacía que tenía ante él.

—No sé nada de ella desde antes de venir aquí —añadí.

—Ya —dijo.

—En serio —dije yo.

Y ahí acabó todo. Cuando abandonamos el restaurante nos quedamos ante la puerta unos minutos hasta que conseguimos detener un taxi. Y, una vez dentro, Walkon pronunció en voz baja el nombre de una zona del extrarradio. Y el conductor, un hombre flaco de labios finos, con el pelo exageradamente engominado y huellas de viruela en la cara, se dio por enterado con un sórdido gruñido y pisó el acelerador a fondo haciendo derrapar el coche. Leache iba sentado a mi lado en el asiento trasero, cómodamente instalado en su sitio, con una actitud distante pero no especialmente amarga. Durante el tiempo que duró el recorrido, nos dedicamos a comentar, con ánimo conciliador, los distintos paisajes urbanos que podíamos contemplar desde la ventanilla. Serían cerca de las cuatro y el cielo estaba empezando a nublarse. Cuando llegamos, Walkon indicó al taxista el final del trayecto y este, sin inmutarse lo más mínimo, dio un volantazo repentino y paró bruscamente el coche junto a un contenedor de basura humeante que alguien había volcado en la acera.

De pronto nos hallamos en mitad de uno de esos barrios dormitorio que uno tiene la impresión de poder encontrar en cualquier parte del planeta, concebidos a base de alinear grandes bloques de ladrillo oscuro —más o menos idénticos— a ambos lados de un bulevar desolado, tras el que se extiende un páramo gris salpicado por unas cuantas factorías y talleres ruinosos. Al cabo de unos minutos de andar por aquellas calles anchas y desiertas, Walkon se detuvo ante una estrecha puerta de madera en la que había un letrero de chapa oxidada con alguna palabra ilegible, y, tras echarle un vistazo, dio un par de golpes con los nudillos y la puerta cedió con un leve crujido. Entonces la empujó suavemente y se introdujo en la oscuridad sin esperar respuesta. Leache y yo entramos tras él. Leache me miró sonriendo y yo le devolví una sonrisa similar.

Era un local de reducidas dimensiones, con un fuerte olor a barniz, techos altísimos y a duras penas iluminado por un aplique anticuado que pendía de una escarpia clavada en la pared. La mitad del espacio la ocupaba una gran mesa de madera sobre la que se apreciaba, en desorden, una infinidad de utensilios de trabajo: sierras, limas, cortaplumas, gubias, pinceles. La clase de herramientas de precisión para llevar a cabo una tarea delicada. El resto, anaqueles y estantes repletos de objetos polvorientos —artilugios mecánicos, frascos, juguetes viejos, libros— y, frente a nosotros, una cortina de tela gruesa que ocultaba una segunda estancia y tras la cual surgió de repente Julian Bower, sigiloso como una aparición.

Walkon, al verlo, se quitó las gafas esperando que su amigo le reconociera. Bower llevaba un jersey de lana amplio y una bufanda de cuadros azules y verdes. Walkon pronunció su nombre y avanzó hacia él. Bower abrió los brazos. Iba sin afeitar, medio calvo, ojos grises, claros, tras unas gafas redondas, y una bella sonrisa a pesar de los dientes estropeados. Ambos se abrazaron con energía y se pararon a mirarse sujetándose mutuamente por los hombros. Bower reía con franqueza. A simple vista se diría que era un tipo feliz, con ese aspecto fatigado y desaliñado que consiguen algunas personas felices después de cierta edad. Walkon, a su lado, parecía comportarse de un modo distinto, menos asquerosamente civilizado, por decirlo así. Bower, señalándonos, le interrogó con la mirada y cuando estuvimos presentados nos invitó a pasar a la trastienda.

—¿Les apetece un café? —dijo en perfecto español, levantando las cejas desmesuradamente por encima de sus anacrónicos anteojos.

—Perfecto —dijo Walkon.

Leache y yo asentimos a un tiempo. La trastienda era un simple cuartucho de paredes desconchadas provisto, ciertamente, de todo lo necesario para preparar un café, pero, en honor a la verdad, poco más. Un lavabo infecto, un hornillo eléctrico sobre el que Bower puso a hervir un puchero con agua, una sospechosa estufa de gas y una pequeña mesa redonda bajo un tragaluz miserable. Bower se movía con parsimonia de un lado a otro de su madriguera. Primero apartó las cosas que había en la mesa y extendió un pañuelo multicolor a modo de mantel. Seguidamente, cuando el café estuvo preparado, lo distribuyó en unas bonitas tazas de porcelana y sacó una botella de ginebra recién empezada que colocó en el centro de la mesa.

—No hay vasos —dijo.

A raíz de eso, tanto Walkon como él se lanzaron, sin ningún preámbulo y sin ningún pudor, a un abusivo intercambio de imágenes pasadas. Lo hicieron de forma atropellada al comienzo y como cumplimentando un ritual de reconocimiento mutuo, pero a medida que las tazas se fueron vaciando, la impaciencia dio paso a una especie de melancolía que la ginebra acabó transformando en una reposada jovialidad. Walkon, sentado de lado en una pequeña silla, con las piernas cruzadas y el cuerpo erguido, adoptaba una actitud quizá un tanto atildada, en tanto que Bower, echado hacia adelante con los codos en la mesa y la cabeza entre las manos, se dejaba anegar por la nostalgia, frotándose las sienes y suspirando ruidosamente cada vez que tomaba un trago.

Continuaron así casi una hora, sin que Leache y yo interviniéramos en la conversación, evocando, en aquel tugurio helado, sus aventuras tropicales y elucubrando, con escaso convencimiento, acerca de posibles negocios futuros sencillamente delirantes. En la actualidad Bower se dedicaba a la manufactura de ingenios mecánicos para coleccionistas y anticuarios. Eso le ocupaba la mayor parte del día. Reproducía modelos originales de antiguos juguetes y piezas curiosas, trabajando completamente solo en su modesto taller, sin conversar con nadie ni depender de nada, pero con un horario riguroso que, por lo visto, cumplía sin esfuerzo. Hacía lo que le gustaba hacer, y eso se reflejaba en su cara y en la forma en que hablaba de ello.

Cada cierto tiempo, se acercaba por allí uno de esos representantes bien trajeados y le firmaba un cheque sobre la marcha obteniendo en el acto todo un cargamento de trenecitos, autos y muñecos de cuerda, caleidoscopios, cajas de música y objetos por el estilo que, a continuación, distribuía por unos cuantos comercios selectos, donde solían ser tasados a precios exorbitantes. Bower, en cualquier caso, se mostraba satisfecho, asegurando que le traía sin cuidado la suerte que corrieran sus pequeños artefactos a partir del instante en que los perdía de vista. Ese ya no era un asunto de su incumbencia. Respecto al dinero, considerando que su mayor dispendio debía de consistir en una botella de ginebra cada dos o tres días, dijo que conseguía lo suficiente como para no tener que preocuparse en absoluto de ese desagradable asunto.

Leache le pidió que nos enseñara alguna muestra de las cosas que hacía y Bower no puso ningún inconveniente. Mientras nos explicaba el método que utilizaba para la realización de sus obras, desenvolviendo ante nosotros alguna de sus encantadoras cajitas de música pitagórica, instándonos a admirar la minuciosidad de determinadas incrustaciones o a valorar el perfecto acabado de una pieza, Walkon recordó su emblemático dado de cianuro y, tras rebuscarlo por los bolsillos de su americana, lo mostró en su mano, lo lanzó al aire en un par de ocasiones y lo dejó caer sobre la mesa con su acostumbrado artificio. Bower lo observó en silencio un instante antes de atreverse a cogerlo, y acto seguido, entre complacido y sarcástico, comentó que durante una larga temporada aquellos malditos dados de plata tuvieron tanto éxito que se vio obligado a componer decenas de ellos para presuntos suicidas de salón.

—Todo el mundo quería llevar la muerte en el bolsillo hace unos años —dijo con un guiño.

—Y más de uno apostó la vida en una noche estúpida —añadió Walkon.

Entonces Leache, señalando el dado con la mirada, preguntó irónicamente:

—¿Y también tiene música?

—¿El dado? —se sorprendió Bower, haciéndolo rodar de nuevo sobre la mesa.

—Sí, ¿suena alguna melodía de despedida al abrirlo?

Aquello parecía haberles cogido por sorpresa, pero Walkon reaccionó enseguida y, recuperando el dado con un gesto rápido, dijo:

—*Of course*. Naturalmente.

—¿La marcha fúnebre, tal vez? —añadió Leache.

Bower sonreía, asintiendo con la cabeza.

—Sí, la marcha fúnebre atrapada en el interior de un dado de póker —exclamó Walkon—. ¿Te das cuenta, Julian?

Eran casi las seis de la tarde y Leache, encendiendo un último cigarrillo, comentó que deberíamos ir pensando en la vuelta. Entonces Walkon alzó de nuevo el dado y, sosteniéndolo a media altura, lo miró de soslayo y exclamó con tono soñador:

—Música para uno solo.

El viaje de regreso
propiciará la ocasión
de volver a pensar
en todo esto.

XIX

LAS COSAS QUE NO VOLVEMOS A VER

Llegó diciembre, un puñado de días azules y quietos. La nieve desapareció de las calles, pero pronto volvió a nevar y a cubrirse todo. La gente se ocultaba, todo el mundo parecía buscar un rincón para replegarse sobre sí mismo. Rose seguía en la casa. Se pasaba las horas leyendo, con las piernas recogidas sobre el sofá, desde la mañana hasta la noche, y cuando concluía el libro abría otro y volvía a empezar. En cierta ocasión salí a dar un paseo con ella y me contó que todos los años hacía lo mismo. Solicitaba un mes de permiso y se plantaba en la docta el día del cumpleaños de su madre, y luego se quedaba hasta que pasaban las fiestas navideñas, levantándose tarde y leyendo, en especial novelas, sin parar un momento, sin descanso. Me confesó que ya no podía imaginar su vida sin esa cuarentena de lectura intensiva —por regla general sacaba un promedio de trece o catorce horas diarias— y que durante todo el año se dedicaba a apartar los libros que quería reservarse para estas fechas. Dijo que en la biblioteca de su apartamento tenía una estantería destinada únicamente a este fin y que, en todo caso, cuidaba y escogía con la mayor minuciosidad cada uno de los volúmenes que ponía en ella.

Me dijo también que hay libros de invierno y libros de verano, y que ella prefería, sin lugar a duda, los libros de invierno:

libros para leer con luz artificial, sentada o recostada en un confortable sofá con una manta sobre las piernas y a ser posible junto a una chimenea encendida. Eso revela bastante de su forma de ser. Su presencia no alteraba el ritmo de la casa. A lo sumo, contribuía a poner una agradable nota de sosiego, lo cual no estaba de más, dadas las circunstancias. Por otro lado, Mrs. Berryson y ella no se prestaban excesiva atención. La vieja tenía sus propias ocupaciones, por decirlo de alguna manera, y por nada del mundo hubiera permitido que nadie osara meter las narices en sus asuntos. Ni siquiera su propia hija. Entraba y salía de la casa cuando le daba la gana y siempre estaba proyectando cosas y haciendo planes que al instante siguiente volvía del revés. Yo seguía acudiendo al departamento con normalidad, pero ya no era lo mismo. Seguía sentándome en mi rinconcito día a día, con los libros abiertos a mi alrededor y todo lo demás, pero ya no sacaba ningún partido a mi trabajo. Supongo que lo daba por acabado y que lo único cabal que me restaba por hacer era plegarlo todo y tomar de una vez la resolución de volverme a Pamplona. Pero nadie debería extrañarse si digo que puede hallarse un cierto placer de naturaleza espiritual en el hecho de demorar una decisión a todas luces inevitable y dejar que una especie de laxitud y abandono mágico retenga nuestra voluntad hasta el último minuto, hasta el borde mismo del abismo, para ser románticos.

Ya no había nada que me retuviera en la docta, esta es la verdad. Nada que esperar y nada que temer. Deslys había dejado de aparecer por la universidad desde hacía más de una semana. A raíz del incidente con los pedagogos se había venido mostrando un poco reticente, y un buen día, sin más, se esfumó sin avisar. Nadie sabía nada de él.

Tampoco a Leslie volví a verla, pero en cambio ella me escribió una postal. La encontré una mañana sobre mi mesa, metida en un sobre con mi nombre, y decía que le había encantado conocerme y que regresaba a los Estados Unidos para reunirse con su familia y con su país. No me sorprendió lo más mínimo. St. Anthony, por otro lado, también regresó a su aldea natal. Leache logró convencerle para que lo hiciera cuanto antes. Yo estuve con ellos el día anterior a que se marchara y la verdad es que tenía mal aspecto: parecía que fuera a quebrarse de un momento a otro. Me ofreció la mano, como si me entregara un trapo húmedo, y me dedicó una sonrisa glacial cuando le deseé buena suerte.

Leache y yo nos vimos todavía cinco o seis veces más, casi siempre en el Scafold, a media tarde, solos o con Walkon, y ya no había ningún tipo de resentimiento entre nosotros. Entre Leache y yo, quiero decir. Antes al contrario, creo que fue la época en que mejor conseguimos entendernos, sin que esto quiera decir, claro está, que consiguiéramos entendernos realmente.

Aunque ya no volvimos a hablar de Helena. Solo mencionó su nombre en una ocasión —estando presente Walkon, además—, pero fue de una manera tan esquinada y tan difusa que comprendí enseguida que lo único que pretendía era dar por concluido el asunto nombrándola de pasada, como podía haberse referido a cualquier desconocido sin importancia.

Por mi parte, tengo que admitir que me había propuesto no adoptar ninguna actitud al respecto. No tomar ninguna iniciativa. Y así lo hice, es lo que mejor se me da: tratar de ser consecuente con el estupor que me embarga la mayoría de las veces que me hallo más o menos rodeado de seres humanos. Walkon, astutamente, ya se había percatado de que ocurría algo, sus antenas habían captado las vibraciones, por decirlo así, pero nunca se permitió la menor alusión al respecto.

De alguna manera, esto ya lo he resaltado anteriormente, Walkon respetaba a Leache. Nunca llegué a saber por qué. Y me intrigaba. De antemano, a nadie se le hubiera ocurrido pensar que esos dos individuos tan radicalmente antagónicos pudieran congeniar. No obstante, Walkon siempre jugaba un poco con los dos. Recuerdo que una tarde, tomando unas cervezas en el Scafold, dijo sin que viniera a cuento de nada:

—Estoy convencido de que hay cosas, no una ni dos, sino unas cuantas cosas, y no precisamente banales ni ridículas, sino probablemente todo lo contrario, que después de los treinta o treinta y cinco años ya no volvemos a verlas nunca más, en toda la vida, y las olvidamos.

Lo dijo con un eco desabrido y un poco provocador, y Leache se le quedó mirando con un gesto inexpresivo, sin contestar.

En el fondo, todo se había vuelto tan simple que de pronto empecé a temer. Todo tan equilibrado, que temí que el equilibrio se rompiera. Todo, hasta cierto punto, tan apacible, que supe que no podría durar mucho tiempo. Y una de esas mañanas, cuando iba camino de la biblioteca envuelto en mis historias, torcí el rumbo. Fui hasta la agencia y conseguí reservar un billete de avión para el día siguiente.

Esa tarde estuve con Leache y con Walkon por última vez. Era el once de diciembre de mil novecientos ochenta

175

y nueve. Otro día de luz helada. Cuando les anuncié que había reservado el billete y que apenas me quedaban unas horas allí, Leache me escuchó con atención. Luego miró a Walkon y echándose hacia atrás sobre su silla, exclamó:

—Todos se van, Walkon, y tú y yo nos quedamos solos otra vez.

—Es hora de coger aire y meter la cabeza, una vez más, en el infecto agujero de los sueños —dijo Walkon.

Un lugar
tan contaminado
como cualquier otro.

XX

ADIÓS, CHISTERA

Ingrid. Así se llamaba. La nueva inquilina. Ocuparía mi habitación en cuanto yo me hubiera largado. La conocí en el cuarto de Mulligan, la última mañana. Una posibilidad que la vida no suele concedernos demasiado a menudo. La de echarle un vistazo al que viene pisándonos los talones, quiero decir.

Era bonita, a su manera. De unos veinte años. Quizá menos. Pómulos altos, pelo corto, rubio, con un sombrero tirado hacia atrás y nada de cansancio todavía en la cara. Se parecía a Ingrid Bergman de joven, aunque más pequeña y con el cuerpo más fino. Lo curioso es que no decía ni palabra. No tenía por qué hacerlo, supongo. Solo reía, sin despegar los labios, mirando a los lados. Si me pareció encantadora fue porque pensé que el estilo de su silencio era de los que no tratan de complicar las cosas y que le bastaba con permanecer allí sentada, con las piernas separadas, sobre la cama y sosteniendo una taza de café, para darte a entender que no tendrías que esforzarte en hacer el imbécil por su causa.

—Entra, Yanci, encanto —me había dicho Mulligan cuando asomé la nariz desde el otro lado de la puerta.

Y claro, yo había entrado y me había quedado con ellas un rato, sentado en mi sitio habitual, mientras me tomaba una taza de café templado y dejaba que poco a poco fuera invadiéndome esa dorada indolencia del que pronto va a partir y ya solo aspira a que los últimos minutos sean lo suficientemente ingrávidos y suaves como para poder mirar una vez más las cosas sin la necesidad de esperar nada ni dar sentido a nada.

Mulligan, en su más depurado estilo entre inocente y perverso, y escasamente vestida con un camisón corto y ceñido, se paseaba ante nosotros mordisqueando desganadamente una enorme manzana amarilla.

—¿Sabes algo de Deslys? —le pregunté—. ¿Sabes por casualidad dónde se ha metido esta vez?

Al principio, fingió que no me había oído. Así que tuve que repetirle la pregunta.

—¿Deslys? —dijo entonces con la boca llena—. Déjame pensar, ¿te refieres a Deslys? ¿Ese vulgar francés de culo estrecho que anda por ahí convidando a champán a cualquier jovencita lo bastante desesperada como para soportar su empalagoso *aftershave* de efecto afrodisíaco durante más de tres segundos seguidos?

Mulligan cogía vuelo.

—¿Para qué necesitas tú a Deslys, si puede saberse? —añadió con una risa burlona y ojos de sierpe.

—Bueno —dije—, no es que lo necesite, me habría gustado despedirme de él, eso es todo. Hace días que dejó de aparecer por el departamento.

—Pues no, no sé nada de ese hijo de puta —dijo entre dientes mientras se disponía a cepillarse el pelo junto a la ventana. Pero acto seguido se detuvo en seco, cambió de expresión y lanzándome una miradita significativa, continuó—. Es decir, sí.

—Sí, ¿qué?

—Que lo sé todo.

Estaba claro que quería divertirse a mi costa.

—¿Todo? —dije—. ¿Qué todo?

lngrid estaba pendiente de Mulligan en todo momento.

—Todo lo que puede saberse, al menos —añadió con indiferencia, mientras se peinaba, dándome la espalda.

—Vamos, Mulligan —dije—, suéltalo ya.

—He oído que anda metido en un buen lío —dijo—. Me han dicho que tiene problemas, el pobre. Y ya lo creo que los tiene. Y serios. Aunque si me permites que te sea sincera, me alegro, ¿sabes? Me alegro de que los tenga. Esta vez no se libra de una buena.

—¿Qué clase de problemas? —dije, claro.

Que Deslys tuviera problemas no era nada raro. Siempre tenía problemas. La suya era una de esas vidas con las que el destino se ha empeñado en jugar a los despropósitos. Tenía vocación de triunfador, en el sentido más cinematográfico del término, de hecho poseía los encantos adecuados para ello —cuna, cuerpo y cultura— y conocía además algunos trucos, cierta pose de vividor y maneras del gran mundo. Pero cuando estaba a punto de alcanzar algunas de las metas que se había propuesto, por banales que fueran, cuando ya no le faltaba apenas nada para empezar a disfrutar del nuevo giro que había dado a su existencia y su éxito parecía resuelto e inminente, lo echaba todo a perder por una u otra causa, nimiedades casi siempre, y se veía obligado a doblar la cerviz y desaparecer durante una temporada, mientras recobraba las fuerzas necesarias para emprender con renovado ahínco su próximo y más genial fracaso. Os preguntaréis: ¿había en él, acaso, una fuerza indomable que le impelía desde dentro a errar siempre en el último momento? Pues bien, la respuesta es sí, la había. Era su signo. Su destino. Su cosa.

Mulligan seguía peinándose plácidamente frente a la ventana, tardando deliberadamente en responderme, como si pretendiera tensar al máximo mi curiosidad y elegir, de paso, las palabras más adecuadas para sacar todo el partido posible a su historia. Jamás desperdiciaba una oportunidad.

—¿Te acuerdas de Nina? —dijo.

—Claro —dije yo—. La bailarina.

—¿Llegaste a conocerla? ¿La viste alguna vez?

—No. Solo supe que era australiana —le dije.

—Es una de esas debutantes de aspecto sofisticado que abarrotan locales como el Mousetrap o el Cucumberhouse los sábados por la noche, y que después de un par de copas alucinan con cualquier mirlo cantor que se proponga engatusarlas, y más si el mirlo en cuestión acentúa su trino parisién y se pone gemelos de oro y ese tipo de basura.

—Bueno, ¿qué tiene eso de particular? —dije—, es tal como la había imaginado.

—Por lo visto, Deslys le ha encargado un regalo especial de navidad —dijo Mulligan mirándonos a lngrid y a mí alternativamente.

—Pero ¿cuál es el problema? ¿De qué regalo me hablas? ¿Algo francés, quizá? —pregunté yo.

—¡Oh, Yanci, qué horror! —exclamó Mulligan.

Entonces dejó caer los brazos a ambos lados de su *déshabillé* minúsculo, el cepillo en una mano, la manzana mordida en la otra, avanzó hasta mí, recorrió con la mirada el techo de la habitación como si fuera a venírsele encima y soltó una risita procaz, agachándose y apoyando su cabeza en una de mis rodillas.

—Eres encantador. Algo francés, es maravilloso —dijo, parándose unos segundos—. Sí, cariño, algo francés. Algo rabiosamente francés, me temo. La ha dejado embarazada, así de simple. Sencillamente eso, ¿comprendes ahora?

—Deslys ha dejado embarazada a la bailarina —repetí.

—Veo que lo has entendido, cielo. Tienes talento —dijo. Luego se enderezó, dio unos pasos y se sentó en la cama, junto a su amiga Ingrid. Eso fue lo último que supe del inefable francés.

—¿Y qué va a hacer ahora? —dije, al rato.

—Eso me trae completamente sin cuidado —contestó con cierto aburrimiento—. Por mí ya puede meter la cabeza en un horno y suspirar. Y ella, lo mismo. No vayas a creer que se me parte el corazón por esa incauta.

No respondí. Mulligan puso los ojos en blanco, se tendió de espaldas y bostezó perezosamente invitándome a adivinar la forma abultada de su pubis bajo la ropa interior.

—En fin —dijo en otro tono—, tengo que pintarme los labios inmediatamente, de lo contrario voy a enfermar de tristeza y eso no estaría bien, pero que nada bien, ¿no es cierto, Yanci?

Ingrid seguía callada, sin perder detalle. Mulligan se giró hacia ella y sin dejar de mirarla me explicó que su nueva amiga solo llevaba cuatro o cinco días en la docta y que pensaba quedarse.

—Se va a hospedar en tu habitación —dijo.

Yo hasta entonces no sabía nada de eso.

—¿Es cierto? —dije mirando directamente a Ingrid. E Ingrid asintió con la cabeza.

—Sí, le ha gustado esto y piensa quedarse aquí durante un tiempo —dijo Mulligan con una inflexión ambigua, como desafiándome a rastrear una segunda intención—. Esta noche ha dormido aquí, conmigo.

Me fijé en que había un bolso de cuero negro, abierto en el suelo, al pie de la cama.

—¿Habéis dormido las dos juntas? —pregunté ingenuamente.

Ellas se cruzaron una mirada de complicidad, como un chinchín, y sonrieron tal vez con malicia.

—Juntas, desde luego —dijo Mulligan, con un mohín de sílfide que la otra imitó sin darse cuenta—. Y cuanto más juntas, mejor —añadió susurrando, como quien revela un secreto.

Al oír eso, sentí en mi cerebro el chispazo imprevisto que propicia la hipótesis descabellada. No pude evitarlo, claro. Y tras el chispazo, un proceloso aluvión de sospechas e interrogantes que pugnaban por emerger a mi conciencia. Pero, por fortuna, logré contenerlo a tiempo y, todavía un poco aturdido, acerté a decir, no obstante:

—Bien, espero que te guste el cuarto tanto como a mí, Ingrid.

Ingrid volvió a asentir con la misma naturalidad.

—Es alemana —explicó Mulligan, incorporándose con un gesto de pereza.

Luego se desprendió del camisón y empezó a vestirse despacio, como tantas otras veces.

—A propósito, Yanci —añadió—, ¿a qué hora sale tu tren?

—Cogeré el de las once —dije.

—Te queda poco más de una hora —dijo sorprendida.

—Sí, así es —respondí—, pero ya lo tengo todo preparado. Solo me falta pedir un taxi y despedirme de Mrs. Berryson.

Mulligan se había puesto unos vaqueros y un jersey negro de cuello vuelto, y ahora estaba pintándose los labios con la cara muy cerca del espejo. Cuando acabó me miró con ademán compungido y dijo:

—Nos encantaría acompañarte a la estación, Yanci. Pero nos va a resultar completamente imposible.

—Bueno —dije—, no te preocupes por eso.

—No me preocupo, Yanci, pero me hubiera gustado acompañarte, tú lo sabes. Decirte adiós con un pañuelo desde el andén. Sabes que me hubiera encantado. Pero no podemos, créeme, cielo. Tenemos que estar en el maldito teatro dentro de media hora. ¡Tienes que creerme! —insistió.

—Pues claro que te creo, Winnie, déjalo ya —dije.

Creo que aquella fue la única vez que la llamé por su nombre de pila, Winnie.

—¡Oh, dios! —dijo volviéndose con rabia y cogiendo una espantosa cazadora de cuadros—. ¡Me siento horriblemente mal! ¡De verdad! ¡Y además sé que me acordaré de esto! ¡Lo sé! ¡Estoy segura! ¡Me acordaré!

No puede negarse que Mulligan sabía emplear su alma también en los momentos trascendentales. Tenía ese don especial. Sabía dar sentido a las cosas. Y eso ya es algo. Jamás la olvidaré. Aquella manera suya de decir, con ojos entornados y boca de cereza: «Adoro la mala vida». Lo cierto es que podía hacerte sentir lo que quisiera. Hay gente así. Personas de las que siempre tenemos la impresión de que lo saben todo de nosotros. Aunque no alardeen, aunque callen. Aunque simulen haber olvidado. Aunque pregonen, con una sonrisa, que han olvidado esto o lo otro. Mulligan era una de ellas. Sonreía como avisándote: «Lo sé todo de ti, no tienes para mí ningún secreto, eres tan asequible, tan deliciosamente normal. Pero no te asustes, puedes fiarte de mí, no trataría de herirte por nada del mundo». Y te obligaba igualmente a sonreír mientras te preguntabas qué sería capaz de hacer en el instante siguiente. Ingrid tenía un aire más ingenuo, suponiendo que todavía exista alguien dispuesto a confiar en la ingenuidad de una jovencita de veinte años. Pero esa es ya otra cuestión. No quisiera explayarme más. Estamos llegando al final, es verdad, pero no voy por eso a interpretar cada gesto como si fuera definitivo, cada minuto como si debiera resultar revelador. Por último, me besó en los labios, poniéndose de puntillas, un beso breve y sonoro, y a continuación Ingrid y ella me ayudaron a bajar las maletas hasta el vestíbulo.

—Cuídate, ¿de acuerdo? —me gritó desde la verja del jardín, mientras Ingrid y ella se alejaban.

—Lo mismo digo —dije yo desde la puerta.

Y me quedé mirándolas, hasta que desaparecieron. Sonriendo solo. Como si a fin de cuentas todo estuviera bien. Luego volví al salón, Rose leía, y me senté a su lado. Solo quería respirar profundamente, pero ella cerró el libro y lo dejó sobre la mesa. La *Autobiografía* de Koestler.

—Así que vuelves a casa —dijo.

—Ha llegado la hora —respondí.

—¿Cuánto tiempo has estado aquí, en realidad? —me preguntó.

—Tres meses y medio, más o menos —dije yo—. Llegué el tres de septiembre. No hace tanto tiempo.

Luego apareció Mrs. Berryson con una taza de té y se sentó también.

—¿Ya lo tienes todo a punto, muchacho? —quiso saber mientras tomaba pequeños sorbos de su taza humeante con los ojos cerrados.

—Eso creo —respondí.

—¿Estás seguro de que no te dejas nada?

—Bueno, eso es algo de lo que uno nunca puede estar completamente seguro —dije, y ella volvió a cerrar los ojos para asentir. Al cabo de unos minutos, telefoneé pidiendo un taxi. Acto seguido, me puse el abrigo. El taxi no tardó en llegar. Hizo sonar el claxon un par de veces y Rose y la vieja dama, con su taza en la mano, salieron a acompañarme hasta la calle. Todavía había nieve helada en las zonas sombrías. De improviso, Godwine surgió entre los arbustos del jardín y, sin decir nada, cogió las maletas y las cargó en el coche. Recuerdo que llevaba puesta su vieja chistera y que se la quitó para decirme, si no con demasiada ceremonia, sí con cierta gravedad:

—No olvides que el camino es uno.

Y me prometí no hacerlo, claro. Una vez sentado en el taxi, me volví para mirar por la ventana trasera y vi que Rose y Mrs. Berryson me despedían agitando sendos pañuelos. Y también vi que, en ese momento, Godwine se separaba de ellas unos pasos y, situándose en mitad de la calzada, lanzaba al aire, con fuerza, su chistera de la suerte, diez metros, doce tal vez. Pero entonces, en ese preciso instante, cuando la chistera había alcanzado el punto más alto de su trayectoria ascendente, el coche dobló la esquina y ya no pude verla caer.

Solo hay un camino
y además
no importa.

185

XXI

SUEÑOS Y NIEBLA

Estoy en el tren.

Si me asomara a la ventanilla, todavía podría divisar la tapia de ladrillo que bordea la estación, pensé. Y tras ella, los edificios y las torres de la docta ciudad entre la niebla, eso pensé. Y en la más alta de las torres, me imaginé, no sé por qué, a Helena, agitando los brazos, con un vestido blanco. Y a Leache junto a ella, con un traje claro de verano y una chistera blanca, cogiéndola por la cintura, sonriendo los dos bajo la dudosa luz de la mañana. Y a St. Anthony, el hombre indefenso al que no conseguí dirigir una palabra por la sencilla razón de que siempre he desconfiado un poco de los seres demasiado delgados y frágiles, abrazado a algún pararrayos oscilante, disfrazado de druida con una capa sagrada y una vara mágica. Y en otro de los tejados, me imaginé a Peter Lanke haciendo equilibrios y bailando descalzo, Lanke, a quien me hubiera gustado abrazar si la vida no fuera como es, bailando sin sosiego, dejándose llevar por la melancolía del momento. Y a Grezbegrifer, con plumas y volantes de juglar, haciendo sonar una flauta patética. Y a Schuler, envuelto en un gabán de cascabeles, tocando un antiguo laúd con el fin de conjurar la tempestad. Y a Walkon, abrazado a una gárgola y tirando los dados hacia el sol. Y a Mrs. Berryson, con pintas de odalisca de Matisse y collares de colores sobrevolando la escena aferrada a su pequeño paraguas amarillo. Y a Mulligan, y a su pequeña amante adolescente, columpiándose las dos semidesnudas en la veleta de un viejo campanario. Y hasta me imaginé al divino Godwine, recostado en una nube de relámpagos. Y a Bruno ejecutando inverosímiles juegos malabares con su colección de máscaras. Y a Leslie completamente dormida sobre una cornisa. Y a Deslys flotando a la deriva con una especie de fuego fatuo entre las manos. Y todo me parecía a la vez tumultuoso y sutil. Y los árboles querían despegarse de la tierra. Y una corriente misteriosa hacía volar sombreros y tazas de té, y rumores de canciones lejanas, y pañuelos y espejos y señales de la fuga de todo. Y todo el mundo se asomaba a las ventanas porque querían ver las cosas que pasaban, y elevarse y volar. Y algunos me hacían gestos con las manos como queriendo hablarme, ahora que mi tren se alejaba, queriendo contarme algo de sí mismos, ahora que mi tren también se doblaba y despegaba como una serpiente alada, tratando de contarme pequeños detalles de sus vidas, y decirme que no tema, decirme que no hay por qué temer, ahora que mi tren se alejaba en la distancia, ahora que mi tren se alejaba y se perdía y después de un silbido apagado desaparecía para siempre, pensé, imaginé, tal vez soñé.

Pero no hubo tal, claro. Solo sueños y niebla. Nada de música y algazara. Nada de júbilo en las alturas. Nada de cielo henchido de danzas y de juegos. Ni siquiera una miserable campana dando las horas desde el chapitel del edificio central. Porque supongo que lo hice. Asomarme y mirar hacia atrás, quiero decir. Es inevitable. Aunque solo sea un vistazo rápido. Vislumbrar lo que dejamos atrás. Las luces que se quedan encendidas y la disposición de las personas que se reúnen alrededor de esas luces. Hasta que acaban siendo lo mismo, luces y personas. Una misma cosa. Solo al final creemos oír voces. Hablo de mí, claro. Con mayor o menor profusión de subterfugios, pero únicamente de mí. Y acaso, en parte, de la muerte, claro. No me atrevería a negarlo. La muerte estuvo allí desde el principio. De los otros no sé mucho. Los seres indefensos. Ni entonces, ni ahora. Oh, desde luego, cada cual arrastraba su pequeña enormidad. Su particular forma de desdicha y en consecuencia su correspondiente pliego de descargos. No voy a entrar en eso. Ya no. Si me referí a ellos fue, sin más, con el ánimo de ilustrar algunos de los estragos que puede hacer la vida en individuos supuestamente bienintencionados y nobles. Pero nada más. En cualquier caso, se acabó. No voy a seguir. Probablemente he falseado demasiado las cosas. A mi pesar, quiero decir. Lo que sabía y lo que callaba. Mi secreto y la parte de ese secreto que dejé que Leache descubriera. Para bien o para mal. Porque él no estaba enterado de nada hasta que yo llegué, de eso me di cuenta enseguida. No tenía ni la más remota idea de lo que había ocurrido con Helena. Y en realidad sigue sin saberlo. Sigue creyendo que Helena anda todavía por ahí, en alguna parte, sentándose en las terrazas de los sitios como a ella le gustaba y elevando la vista por encima del horizonte con su aire perturbador. Me pregunté qué quedaría de aquel tiempo. Apenas cien días en la docta. Qué hubo de verdadero. Pero, en fin, no lo sé. Me había propuesto encontrar un sentido, una especie de hilo conductor que hilvanara esta historia: una clave que dejara las cosas medianamente claras. Pero llegado el momento no veo el sentido por ninguna parte. Los rostros se suceden, las palabras se esfuman, los días pasan y poco más. Solo ahora caigo en la cuenta de que podía haber mencionado la muerte de Helena desde el principio. Desde aquella primera tarde de septiembre en la estación. Quizás eso hubiera dado otra dimensión a los acontecimientos. Haberme acercado a Leache y haberle dicho en tono impersonal: «Helena ha muerto. Me llamo Javier Yanci. La conocí poco después de que os separarais. Nadie pudo evitarlo. La razón de que yo esté aquí nada tiene que ver con ese asunto». Pero al fin y al cabo de qué hubiera servido. Puede que yo estuviera destrozado, o desorientado cuando menos, pero tampoco había ningún motivo que me indujera a actuar así. Demasiada franqueza tratándose de los primeros veinte segundos. Demasiada violencia. Y una hora después ya era muy tarde. En último término, esa fue toda mi equivocación, supongo. Tal vez no. Además, qué importa ya. Estamos en el tren. El paso del tiempo, los recuerdos, las cosas que amamos, las cosas que esperamos, lo que creemos ser y lo que creemos pensar y poseer, todo se relativiza bastante si uno va sentado en un tren. Y yo me había subido en aquel tren, me había acomodado en mi asiento, junto a la ventanilla, había escuchado la bocina, había sentido el traqueteo de las ruedas sobre los raíles y había mirado al cielo por última vez. Un cielo alto y vacío por encima de todo.

Para bien
o para mal.

índice

Cuando me hayas leído, querido lector,
guárdame contigo, compárteme,
pero no me abandones,
pues soy hijo del esfuerzo y la ilusión.

Amarillo Editora

LOS SERES INDEFENSOS
Este libro se terminó de imprimir
en el mes de febrero de 2025
en la imprenta
Estugraf Impresores, S. L.

títulos publicados